書下ろし

読売屋用心棒

芦川淳一

祥伝社文庫

目次

「読売屋用心棒」の舞台

浅草
下谷
不忍池
相生町
「影山道場」
神田川
亀沢町
緑町
竪川
万年橋
大川
小名木川
江戸城
海辺大工町
廻船問屋「樽井屋」
南町奉行所
三十間堀
八丁堀
上ノ橋
今川町
仙台堀
深川
北
西
東
南

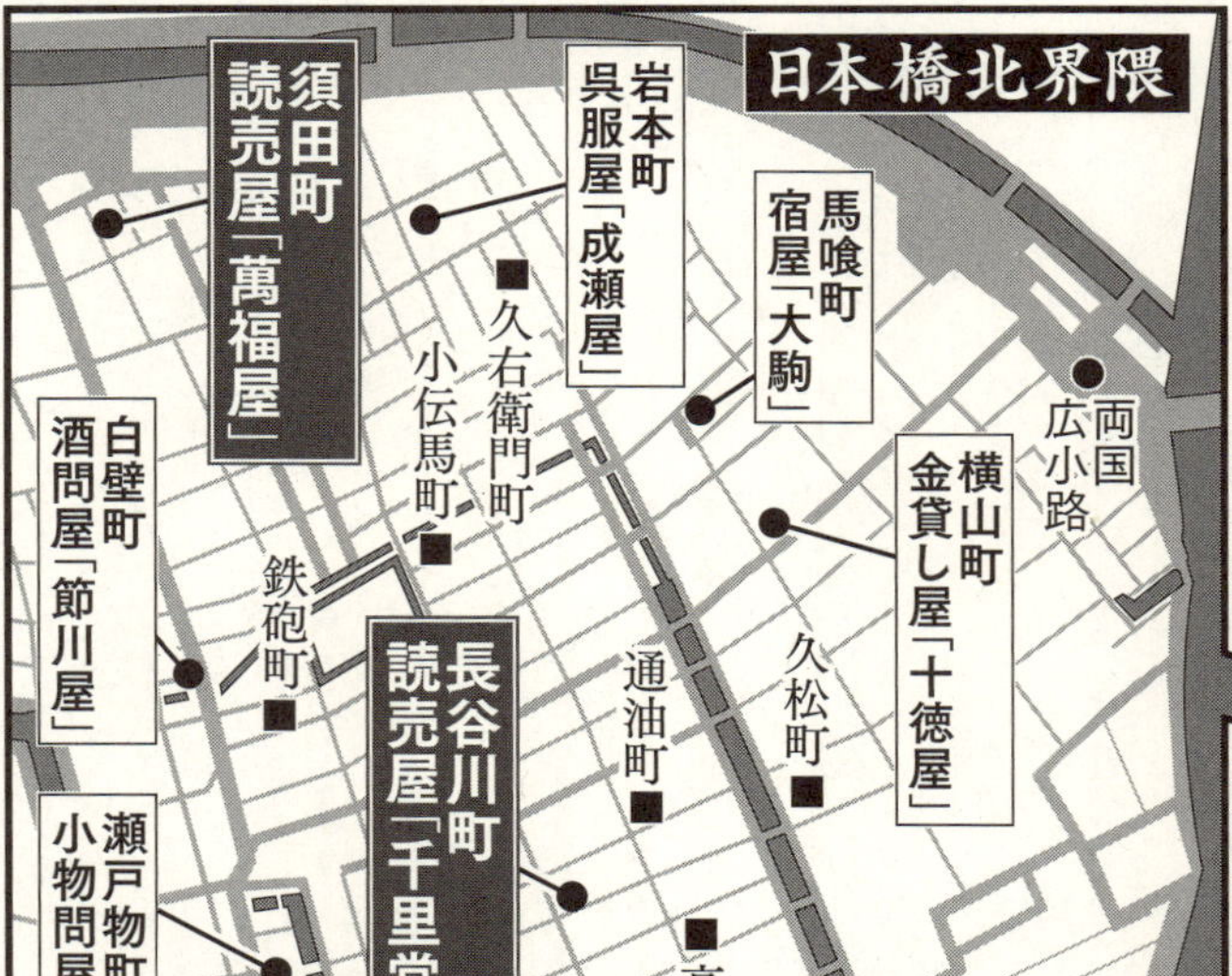
日本橋北界隈
須田町
読売屋「萬福屋」
岩本町
呉服屋「成瀬屋」
馬喰町
宿屋「大駒」
両国
広小路
横山町
金貸し屋「十徳屋」
久右衛門町
小伝馬町
白壁町
酒問屋「節川屋」
鉄砲町
長谷川町
読売屋「千里堂」
通油町
久松町
瀬戸物町
小物問屋「坂木屋」
駿河町
高砂町
浜町堀
日本橋
江戸橋
小網町
扇屋「相模屋」
白粉屋「吉野屋」
楓川

第一話　楓川《もみじがわ》心中

一

こまかな雨が霧《きり》のように降りしきる梅雨《つゆ》どきの道は、ぬかるんで滑《すべ》りやすい。番傘を持って歩いていた老人の足元はおぼつかなく、ふとしたはずみで、地面に足を滑らせてしまったのもしかたがないことだった。

前のめりに倒れこみ、咄嗟《とっさ》に手をついたのだが、運悪く水たまりのあるところで、泥水がはね上がった。

「な、なにをする！」

怒声が響いた。

老人が目を上げると、羽織袴《はおりはかま》の武士が二人立っており、その袴に泥水がついているのが見えた。

「こ、これは、あいすみません。足をとられてしまって……」

老人は、ついあわてて立ち上がろうとして、またも滑った。

今度は仰向《あおむ》けにひっくり返り、したたかに尻餅《しりもち》をついた。びしゃっと音がして、また泥水がはね上がる。

「こ、こ奴！」

「か、駕籠《かご》にまで泥が」

二人の武士の言葉に、顔を上げた老人は、武士たちの向こうに一挺《いっちょう》の駕籠が担《かつ》がれているのを目にした。

ただの町駕籠ではない。怒声を上げた二人の武士のほか、うしろにも二人の武士が警護しており、相当な位の武家が乗っているのに違いない。

「無礼者！」

「手討ちにしてくれる！」

二人の武士は激昂《げっこう》して、刀の柄《つか》に手をかけた。

ひとりは、目が細く痩《や》せて背が高く、もうひとりは、鼻が大きく、太り気味で背が低い。

「お、お許しください。命ばかりはお助けを」

老人は、尻餅をついたままではまずいと思い、その場に平伏《ひれふ》したかったが、思うように起き上がれない。

「ええい、問答無用！」

背の高い武士が刀の鯉口《こいぐち》を切った。

いつのまにか野次馬がまわりを取り囲んでいたが、そのうしろからなにごとかと見ていた若い武士が、

「待て！」

人垣をかき分けて飛びだした。

帷子《かたびら》も袴もござっぱりとしているが、月代《さかやき》が伸びているところは浪人だ。中肉中背で、太い眉《まゆ》と大きな二重の目が、気性の強さを感じさせる。

名前を志垣真吾《しがきしんご》という。

「ええい、とめるな。こ奴は、二度までも泥をはね上げたのだ。一度は、拙者《せっしゃ》らだけだったが、二度目は、主《あるじ》の駕籠にまでかけおった。これが許しておけようか」

いまにも刀を抜こうとしながら、背の高い武士はまくしたてた。

「なにもわざと泥をはねたのではないだろう。このくらいのことで、いちいち刀を抜くようでは、武士の名折れではないのか」

真吾は、にらみつけていった。

「な、なに、武士の名折れとは、聞き捨てにできん。拙者らを愚弄《ぐろう》する気か」

「名折れだから名折れだといったまでだ。なにが悪い」

「こ、この、お前も斬《き》ってくれるわ」

さらに激昂の度合いがひどくなった武士は、ついに刀を抜いた。

背の低い武士も、遅れて刀を抜く。

「なんという愚鈍《ぐどん》な」

真吾も、眉をひそめて刀の鯉口を切る。

「あ、あの……」

老人は尻餅をついたまま、おろおろしている。

「下がっておれ。こいつらは許せん」

真吾はいうと、横に動いた。老人を、武士たちとのあいだに挟まないようにしたのである。

「早く刀を抜け。それとも手が震《ふる》えて抜けぬのか」

背の高い武士があざ笑うようにいった。

「抜いてしまえば、お前らを斬ることになる。それでもよいか」

真吾は、一瞬ためらう表情を見せた。

武士は、それを怯《おび》えと見て、

「うぬぼれるな。斬られるのはお前のほうだ」

駕籠から恰幅《かっぷく》のよい武士が出てきた。

「やめんか」

野太い声が、武士たちの背後でしたかと思うと、駕籠から恰幅《かっぷく》のよい武士が出てきた。四人の武士たちの主に違いない。

すかさず、駕籠のうしろにいた武士のひとりが、傘を差しかける。

「で、ですが、この男が無礼ゆえ……」

振り返って、背の高い武士がいうのへ、

「黙れ。早く刀をおさめろ」

主の言葉に、武士たちは、

「はっ」

と応えると、渋々刀を鞘《さや》におさめた。

「泥水をはね上げたのはわざとではなかろう。見ればかなりの老爺《ろうや》ではないか。許してやれ。そして、そのほう」

主は、真吾を見ると、

「なかなか気骨があるではないか」

にやりと笑った。

真吾は、主の言葉を尊大だと思い、

「もう少し早く出てきてもらえば、俺が出ることもなかったのだ」

憮然《ぶぜん》として応える。

「ぶ、無礼な。このかたをどなたと心得る」

背の高い武士が気色《けしき》ばみ、真吾はいい返そうとしたが、

「よいよい。その男のいうことはもっともだ。外が雨なので、つい、出るのがためらわれ、遅くなってしまった。許せ」

主の言葉に、真吾の怒りも鎮《しず》まってきた。刀の鯉口を戻し、

「う、うむ……かたじけない」

真吾は、頭を下げる。

「おぬし、ちと血の気が多いようだな。気をつけたほうがよいぞ」

苦笑いをして、主は駕籠に戻った。

真吾は、尻餅をついたままの老人に手を貸してやった。どうやら、腰が抜けてしまったようで、真吾は老人を抱えるようにして、道の端まで連れていった。

武士たちは、忌《い》ま忌ましげに真吾を横目で睨《にら》みながら、歩きだした。

駕籠がいってしまうと、

(斬り合わなくてよかった。血を流す羽目になるのは必定《ひつじょう》だからな)

真吾は、いまさらながら、ほっとして溜《た》め息をついた。

「度量のあるお武家でよかった。無鉄砲《むてっぽう》なのはいけないですな。うまく切り抜けるやり方を思案するべきです」

声がしたほうを見ると、小柄な痩せた四十歳ほどの町方の男が真吾を見ている。

(なにを偉そうに)

と思ったが、男は真吾の身を真剣に案じているような表情をしていた。

「うむ……」

真吾は、その表情に素直に応えざるを得なかった。

男は、真吾に会釈《えしゃく》すると、背を向けて歩き去っていった。

志垣真吾は、まだ二十一歳の若者だが、中西《なかにし》派一刀《いっとう》流の影山《かげやま》道場で師範代を務めている。

人に教える立場なのだから、もう少し血気を抑えねばと常々思っているのだが、理《り》不尽《ふじん》な場面に出くわすと、持ち前の正義感からか、ついかっとなってしまいがちなのである。

老人はようやく腰に力が入り、真吾になんども頭を下げて礼をいった。老人が家路についてから、真吾は冷静にさきほどのことを振り返る余裕ができた。

ことの顚末《てんまつ》を思い出せば、

（あの武士たちの主がとめてくれなかったら、真剣で斬り合うことになっていた。そうなっては、影山先生にも迷惑をかけてしまう。自重せねば）

真吾は、己《おのれ》の未熟さを痛切に感じ、恥じ入る思いがした。

文政《ぶんせい》元年（一八一八）、皐月《さつき》（五月）の、とある一日のことだった。

二

志垣真吾の父新左衛門《しんざえもん》は、駿河《するが》のさる藩の勘定方だった。

正義感が強い新左衛門は、藩主の浪費振りを諫言《かんげん》して、怒りを買い、致仕《ちし》を余儀なくされた。

新左衛門と妻の芳江《よしえ》、そしてひとり息子の真吾が江戸に出てきたのは十六年前、真吾が五歳のころだった。

国許のことはおぼろげにしか覚えていないが、海の青さと潮のにおいは、まざまざと思い出すことができる。

江戸に出てきてから、新左衛門は手習い所を開いた。評判がよく、親子三人で暮らすには充分の糧《かて》を得ることができた。

そして、新左衛門は秀《ひい》でた剣士でもあった。

真吾は、手習い所で町方の子どもたちに混じって学んだあとは、新左衛門から剣の手ほどきを受けた。

子どものときから真剣を持たされて、刀というものの恐ろしさと、それを腰に差す武士たる者の心構えをたたきこまれた。

真吾は、父親に似て、幼いころから正義感が強く、曲がったことの大嫌いな性質だった。そのせいで、弱いものいじめや、子どもらしいちょっとした悪さも許すことができず、近所の子どもたちと喧嘩《けんか》になることもしょっちゅうだった。

新左衛門は、真吾に木刀の携帯を許さなかった。木刀は稽古のときにのみ使うことを許されており、喧嘩の際には、木の枝も使うなと厳命された。

喧嘩の相手が棍棒《こんぼう》を持っていようと、素手で立ち向かえといった。剣を学んでいるのだから、剣を知らない相手に対して使ってはいけないと諭《さと》したのである。

そうやって喧嘩をしていると、相手も真吾を認めて仲良くなれた。町方の子が習っていない剣術を使って、木刀で打ち据《す》えていては、そうはならなかっただろうと、真吾はあとで思ったものである。

母親の芳江は、優しくて芯《しん》の強い女だったが、真吾が十四歳のときに流行《はや》り病で亡くなった。

真吾は、母親のいない寂しさをまぎらわすために、剣に打ちこんだ。

とはいっても、道場に通っているわけではないので、立ち合い稽古は新左衛門とするだけで、あとは素振りと型の稽古ばかりだった。それでも、木刀を、さらには真剣を構えているだけで心が落ちつくのだった。

「そろそろ道場で剣の腕を磨《みが》いてみてはどうだ」

新左衛門がすすめてくれたとき、真吾は十六歳だった。

中西派一刀流の影山道場に入門したのだが、遅すぎる入門といえた。

真吾は素振りばかりしていたので、木刀や竹刀《しない》での打ち合いでは、当初は負けることが多かった。

ところが、稽古をつづけるうちに、真吾はめきめきと強くなっていった。剣を振るうための身体と構えが、素振りや型の稽古で身についていたからである。

そして、新左衛門ゆずりの勘のよさもあった。

強くなっていく真吾に、兄弟子たちが脅威《きょうい》を感じたのは自然の成りゆきだった。

新左衛門は、真吾が十八歳のときに、五人の浪人集団と闘って死んだ。浪人集団は、ひとりの娘を手籠《てご》めにしようとして藪《やぶ》にひきずりこんだのだが、それをたまたま見た新左衛門は、娘を救おうとした。

五人対ひとりの闘いは、凄絶《せいぜつ》を極めた。新左衛門は深い刀傷をいくつも負いながら、五人を斬るまでは倒れなかった。

見ず知らずの娘を命を懸《か》けて守った父親のことを、真吾は誇りに感じた。

新左衛門の死によって、真吾は長屋に住まうことができなくなった。店賃が払えないのである。

すると、真吾の窮状を見かねた影山道場当主の影山甚八郎《じんぱちろう》が、雑用をこなすことを条件に道場で寝泊まりしないかといってくれた。それまでひとりで雑用をしていた下男の時蔵《ときぞう》が、よる年波から、ひとりでは仕事をこなすのが無理になったという事情もあった。

雑用をする真吾を、莫迦《ばか》にする門人たちもいた。だが、いくら莫迦にされても、真吾は黙々と雑用をこなした。

自分は理不尽に侮蔑《ぶべつ》されても我慢できたが、弱い門人たちが莫迦にされたりいじめられたりしていると、真吾は食ってかかった。真吾が強いことを知っている者たちは、引き下がることが常だった。

また、剣術に対して真摯《しんし》に取り組んでいない者がいると、歳上であろうが激しい口調で難詰《なんきつ》することがあった。

武士の門人たちの中には、親の手前で嫌々ながらだったり、箔《はく》をつけるために道場に通うという輩《やから》がいた。こうした連中は、真吾の剣に対する真摯さが鬱陶《うっとう》しくてしかたがないようだった。

道場主の影山甚八郎は、そんな真吾の真面目さ、真摯さを見ていて、目をかけていたのである。

真吾が二十一歳になった歳の春、道場破りがあった。

影山道場に道場破りの浪人、近藤巌次郎《こんどうがんじろう》が現れたとき、真吾は甚八郎に頼まれた用事で、道場を留守にしていた。

近藤巌次郎は、眉が太く目つきも鋭く、唇は分厚く、身の丈六尺（約百八十二センチ）はあろうかという大男で、がっしりとした体軀《たいく》だった。

見るからに威圧感があったが、そういう手合いにかぎって弱いものだと門人たちは囁《ささや》き合っていた。

ところが、まず手合わせした門人のひとりは、手もなく巌次郎に叩き伏せられてしまった。

門人たちの余裕の態度は、怯えたものに変わった。

つぎに立ち合った門人は、師範代につぐ力があると目されている今野益蔵《いまのますぞう》だった。

「とおりゃあ」

掛け声鋭く、益蔵は巌次郎に打ちこんだ。

だが、巌次郎はあまり動かずに、その打ちこみをかわすと、

「ほい」

軽い掛け声をかけただけだが、益蔵は面を強打されて昏倒《こんとう》してしまった。

「もっと強いおかたはおられぬか。これでは、腕試しにならぬではないか」

巌次郎は、ずらっと並んで座っている門人たちを見まわしていった。

門人たちは、巌次郎と目が合わぬように、あわてて顔を伏せた。目が合ったことで相手をしろといわれたら困るからだ。

その様子を見て、巌次郎は唇《くちびる》をゆがめて侮蔑の笑いを浮かべた。

「つぎは、それがしがお相手をいたそう。師範代の諸岡佐兵衛《もろおかさへえ》と申す」

つと立ち上がったのは、門人たちの先頭に座っている師範代の佐兵衛だった。

「おや、師範代のかたがお手合わせをしてくださるとは、身に余る光栄」

巌次郎は、わざとらしく頭を下げた。

門人たちは、佐兵衛が立ち上がったのを見て、自分が立ち合わずに済んだことでほっとし、さらに佐兵衛なら手も無く巌次郎を退《しりぞ》けるだろうとほくそ笑んだ。

師範代とほかの門人たちの腕の差は、かなりのものがあり、師範代につぐ益蔵が敗れたとはいえ、佐兵衛が負けるはずはないという信頼があったのである。

佐兵衛と巌次郎は、向かい合って礼をすると、お互いに木刀を青眼《せいがん》に構えた。

「いざ」

佐兵衛の声に、巌次郎は無言で隙《すき》をうかがう。

しばし、にらみ合う形だったが、

「うりゃ」

佐兵衛が、上段から襲いかかった。

つぎの瞬間、見ていた門人たちはなにが起こったのか、自分の目が信じられないような光景を見た。

佐兵衛の手から木刀が宙に飛んだのである。

愕然《がくぜん》とした佐兵衛の顔が、またたくまに苦痛にゆがんだ。

木刀が手から離れた時点で、すでに佐兵衛の負けだ。だが、それが分かっているはずなのに、巌次郎は佐兵衛の肩を木刀でしたたかに打ったのである。

「うわっ」

佐兵衛は肩を押さえて思わず声を上げた。

「勝負あった」

遅れて道場主の影山甚八郎の声が響いた。

「肩を打つことはなかったろう」

甚八郎が巌次郎を叱《しか》るようにいう。

「すまぬ。わしも、相手が師範代となると手加減する余裕がなく、勢いをとめられなかったのだ」

巌次郎は、言葉とは裏腹に傲然《ごうぜん》と胸を張って応えた。

門人たちには、巌次郎にその余裕がなかったとは思えなかった。

巌次郎は、さてどうするといった顔で甚八郎を見た。

この段階で、師範が出てきて負けたら一大事だ。人気はなくなり、門人たちが去っていけば、道場の存続にかかわる。

こうした状況に置かれた師範は、たいてい、

「お強いですな。つぎはそれがしが立ち合うが、貴公もお疲れでござろう。ひとまず茶を飲んで一休みされた上で立ち合いましょう」

といって、道場破りを別室に通し、酒を出した上に、金の包みをそれとなく渡し、

「これでよしなに」

と頭を下げる。そこで、道場破りは師範と立ち合わずに道場をそっとあとにする。

道場破りのほとんどは、この金が目当てだった。

そして、道場破りがいなくなったあとに、

「あの剣客は、ただ座っているだけの先生から発せられる迫力に恐れをなしたのだ。到底勝てないと焦《あせ》っていたところ、先生が情けから助け船を出されて、そっと帰らせたのだよ」

などと門人の誰かにいわせて、威厳を保つのである。

巌次郎は、甚八郎が別室で茶でもというのを待っていたのだが、そうはならなかった。甚八郎は、佐兵衛が負わなくてもよい怪我《けが》を負わされたことに腹が立った。

立ち合うために立ち上がろうとしたのだが、

「つぎは、俺が相手だ」

道場に大きな声が響きわたった。

声は、道場の奥から聞こえてきた。用を足して戻ってきた真吾だった。

真吾は、怒りに目をたぎらせている。

「真吾……」

甚八郎は、真吾の様子を見て、案じるような顔をした。

「おまかせください」

真吾は、身内にたぎった怒りの炎を鎮めようと努めながら、甚八郎にいった。

道場主が道場破りと立ち合うこと自体、あまり名誉なこととはいえない。門人のところで退ければ、それに越したことはないのである。

「……うむ。よかろう」

甚八郎は、真吾の覚悟のほどを感じてうなずいた。

三

巌次郎に対して青眼に構えた真吾は、名前の通り巌《いわお》が前にそびえているような威圧感を覚えていた。

（諸岡どのがあっというまに負けたのは、こ奴の腕の力を見くびっていたからに違いない。勝負は一瞬で決まる）

真吾は、丹田《たんでん》に力を籠《こ》めると、目を細めた。

目を細めたのは、どこを見ているか分からなくするためだ。そして、巌次郎の目を見ては呑《の》まれる恐れがある。そこで、真吾は巌次郎の足先を見た。足先を見れば、構えている木刀のあたりまでは視野に入る。

巌次郎も真吾の力を計りかねているようで、様子を見ているのか動かない。

門人たちは、真吾の力を知ってはいるが、それが佐兵衛よりも勝っているとは思っていない。事実、真吾は佐兵衛と手合わせして、勝つことは希《まれ》だからだ。

（これは真剣の勝負だ）

真吾は、巌次郎に対峙《たいじ》しながら、ふとそう思った。相手から普段稽古では感じない殺気が漂《ただよ》ってきたのを感じたからである。

（こ奴を斬る）

真吾も、真剣で相手と対していると思うようにした。

長いときが経ったようだが、さほどではなかったかもしれない。

ついに巌次郎が焦《じ》れた。足先がぴくっと動いたのである。

「たあっ」

真吾は、前に飛ぶようにして突きを入れた。

巌次郎も真吾の右手首を狙《ねら》ったが、突きのほうが早かった。

真吾は手首に痛みを感じながらも、突きが巌次郎の首に決まった手応えを感じた。

「ぐえっ」

巌次郎はうめくと、木刀を落として激しく咳《せ》きこんだ。

「勝負あった」

甚八郎の声がした。

真剣ならば、真吾の右手は斬られて吹っ飛んでいただろう。だが、相手は首を突かれて即死したはずだ。その差は、紙一重だった。

怒りは消えて、真吾は、静かな勝利の喜びと、剣の怖さを感じていた。

佐兵衛の肩は骨が折れており、当分は木刀も竹刀も持てないことが分かった。

そこで、甚八郎は、佐兵衛の肩が治って復帰するまでのあいだ、真吾に師範代を務めさせることにした。

このことに表立って異を唱える者はいなかった。

なにしろ、佐兵衛を倒し、みなが恐れた巌次郎に、真吾が勝ったのだからだ。

だが、胸のうちに面白くないといった思いを抱いていた者は、少なからずいた。

真吾はまだ二十一歳で、それより歳上の門人たちは数多かった。

いくら剣が強いとはいっても、歳下の者に教えを請《こ》うのは、自尊心を傷つけられることだった。さらに、真吾はただの浪人であり、門人たちには旗本や御家人の息子たちも多く、身分の低い者に教えを請うという屈辱もあった。

真吾はというと、臨時とはいえ師範代に取り上げられたことは名誉であり、剣の師匠に認められたわけだから、天にも昇る気持ちだった。

そして、立派に師範代の役目を務めようと意気ごんだのだが、いきおい歳上の門人たちにも、厳しく教えるという態度となった。

諸岡佐兵衛は、稽古に熱心でない者や、形だけ道場に通っていればよいという者には、それなりに手を抜いて教えていた。

だが、真吾には、そのような配慮をする余裕がなかった。以前は、自分の腕を磨くことだけを考えていたが、いまは、門人たちに早く剣を上達してもらいたいという、そのことだけが頭を占めていたのである。

いきおい、真吾は、門人たちの指導に容赦がなかった。家柄や年齢によって、差をつけることはなかった。家柄がよく真吾より歳上でも、それを嬉《うれ》しがる門人はいたのだが、それは稽古に熱心な者で、そうでない連中は不満だった。

真吾に対する不満が、とくに歳上の門人たちのあいだでくすぶっていることに、真吾は気づかなかった。


影山甚八郎と妻正枝《まさえ》のあいだには、娘がひとりいた。

加代《かよ》という十七歳の美しい娘だ。

真吾は加代に、ほかの門人たちと同じく、ほんのりとした憧《あこが》れを抱いていた。

加代のほうは、真吾には興味がないようで、道場に住みこむようになってからは、使用人に対するような態度だった。

加代の相手は、師範代の諸岡佐兵衛と決まっているような雰囲気で、加代もそのつもりになっているようだった。佐兵衛は男前であり、剣も強い。これ以上はない跡取りだったのである。

そこへいきなり真吾が臨時の師範代になったことで、加代の態度も変わってきた。どこか目に媚《こ》びをふくんでいるのを真吾は感じた。

佐兵衛の怪我が、ひょっとしたら剣士としては命取りになるかもしれないという心ない噂があり、それに影響されたのかもしれない。

あるいは、単純に強い男が好きなのかもしれなかったのだが……。

真吾はというと、美しい加代に淡い憧れを抱いてはいたが、強い恋情といったものではなく、さらに佐兵衛を押し退けて道場を継ぐなどということは、まったく脳裏になかった。

そして、当初の加代の冷たい態度が、妙に媚びたものに変わってきたことで、逆に興ざめしてしまったのである。


真吾が臨時の師範代になって一月後。

梅雨に入る直前で、蒸《む》し暑くなっていた。

真吾がぬかるみで転んだ老人を救う数日前である。

道場での稽古を終え、井戸端で諸肌《もろはだ》脱ぎ、冷たい水で身体を拭《ふ》いていると、

「真吾さん、このごろずいぶんと強くおなりになったのね」

部屋から加代が出てきて声をかけた。

「い、いいえ、それほどでもありませんよ。影山先生や諸岡どのの足元にも及びませんから」

真吾は、少しく面食《めんく》らって応えた。

「身体つきも剣士らしいわ。逞《たくま》しくおなりになって……」

心なしか、加代の瞳がうるんで見える。

「あはは、そ、それは毎日鍛《きた》えておりますから」

真吾は赤くなって、あわてて着物を着ると、

「では、御免《ごめん》」

挨拶《あいさつ》して、その場を離れた。下男の時蔵の手伝いをしにいったのである。

加代は、どこか物足りなそうな表情で真吾の背中を見ている。

この二人の様子を、物陰から見ていた者があった。

常岡孫三郎《つねおかまごさぶろう》という、歳は二十五の旗本の三男坊だ。狐《きつね》のように目がつり上がり、痩せて色が白い。

孫三郎は、加代に岡惚《おかぼ》れしており、さらに、剣術は腰が定まっておらず、真吾にいつも叱責《しっせき》されて恨《うら》みをつのらせていた。

孫三郎は、いま見た光景に、はらわたが煮えくり返るような怒りを感じた。

(志垣め……なんとしてくれよう)

孫三郎の表情には、日ごろの恨みの上に、陰湿な嫉妬《しっと》が上塗りされていた。

「おい、紀之助《きのすけ》。志垣の奴、加代どのに手を出そうとしておるぞ」

孫三郎は、道場の外で、増田《ますだ》紀之助に追いつくと囁いた。紀之助は、旗本の次男坊で、孫三郎同様、剣はすこぶる弱い。ずんぐりとして、やけに目が小さい男だ。

「な、なに。そいつは聞き捨てならん。加代どのは、諸岡どのと添《そ》うことになっていたのではないのか」

紀之助は、気色ばむ。

「われわれは皆、諸岡どのに遠慮して、加代どののことは諦《あきら》めておるが、あいつは、諸岡どのが怪我をしているあいだに、加代どのを籠絡《ろうらく》しようとしておるのだ」

「許せん」

紀之助は、いまにも道場に戻って真吾に食ってかかろうかというくいきおいだ。

「待てまて。いまは、あ奴になにをいっても、しらを切られるだけだろう」

「だが……」

「まあ聞け。俺によい計略がある」

孫三郎は、陰険な笑い顔になった。

真吾はというと、

（加代どのの変わりようはどういうことなのだ。嬉しくはあるが、どうにも居心地が悪い。諸岡どのが怪我をして心細いのかもしれぬな。だからといって、あまり親しげにしていては、誤解を生むかもしれぬ。敬して遠ざけるほかはないか）

などと暢気《のんき》に考えていた。すでに剣呑《けんのん》なことになっているとは、思いもよらないことだった。

翌日からこまかな雨が連日降りしきり、梅雨の季節になった。

梅雨に入って数日後、ぬかるみに足をとられた老人が泥をはね飛ばし、武士たちの怒りを買い、たまたま居合わせた真吾が、老人を救うことになった。

そして、事件はその翌日に起こった。

四

真吾は、道場での稽古を終えると、ほかの弟子たちに混じって、井戸端で身体を拭いた。

このところ、ひとりにならないようにしている。また加代に話しかけられると面倒だからだ。

ふと、離れた場所で加代が恨めしげな顔をして見ていることに気づいた。真吾はひとりにならずによかったと顔に出さずに胸をなでおろした。

この場所を離れれば、下男の時蔵の手助けをしているので、ひとりになることはほとんどない。加代は、道場の下働きの場所までは現れなかった。

この日は雨が降っておらず、真吾は薪割《まきわ》りに精を出した。雨の降っていないうちに、なるべく割っておきたかった。

薪割りが終わっても、あたりはまだ明るかった。

夕餉《ゆうげ》までのあいだに、真吾は甚八郎の妻正枝に頼まれて佐兵衛の住む長屋へいくことになった。ひとり暮らしなので、食べ物の差し入れである。

佐兵衛の住む長屋は、緑町《みどりちょう》にあった。

道場のある相生町《あいおいちょう》から竪川《たてかわ》沿いに、しばらく歩いた先だ。

久し振りに会った佐兵衛は、血色もよかった。ただ、折れた肩はまだ治ってはおらず、右腕を上げることもできなかった。

「俺は、もう刀を持てぬかもしれん」

佐兵衛の表情は冴《さ》えない。

「まだ、それほど経ってはいないではないですか。静かにしていれば治りますよ」

真吾は、そういうほかはなかった。そして、そうなることを願った。

佐兵衛は、道場のことなどを訊いてきたが、加代のことはなにも訊かなかった。これからの身の振りかたについて、あれこれと思い迷っているようだった。

佐兵衛の住む長屋を出ると、あたりはすでに暗くなっていた。

真吾は、竪川沿いに道場への帰途を急いだ。

しばらく歩いていると、前方でたたずんでいる三人の浪人者のことが気になってきた。立ったまま、こちらをずっと見ている。

誰かを待っているのかと思っていたのだが、近づくと、どうやら真吾をじっと見ているようである。そして、殺気が三人から放たれている。

夕刻なので、人通りはけっこうある。

真吾が近づくと、三人は、通せん坊をするように横に並んで立った。それでも道は広く、大きく横にそれて避けようかと思ったが……。

「志垣真吾だな」

真ん中の下膨《しもぶく》れの顔の浪人が声をかけた。

真吾は立ちどまると、

「いかにも。なにか用か」

「おぬしは、俺の母親を莫迦にした。よって、お前を斬る」

下膨れは、刀の鯉口を切った。

「な、なにを……わけが分からない。俺は、あんたなど、はじめてだ。俺があんたの母御を莫迦にするなど、あり得ぬことだ」

「問答無用」

下膨れは、刀を抜いた。すると、あとの二人も同様に抜く。

「む、無茶苦茶な」

真吾は、なんでこんなことになるのか、さっぱり分からない。分からないが、ともかく、この場は逃げるにかぎると、

「南無三《なむさん》」

くるっと踵《きびす》を返して駆けだした。

「待てっ！」

三人の浪人たちが、抜き身の刀を持って追いかける。

見たところ、浪人たちはあまり鍛練していないようで、真吾は逃げ切る自信があっ

た。歩いてくる人たちを避けながら、全力で駆けた。

「こ、こらっ。待たないと、こ、こいつの命がないぞ」

背後から聞こえた声に、真吾は立ちどまった。

（こいつとは、誰のことだ……）

振り向くと、下膨れの浪人が通りすがりの老婆《ろうば》の手首をつかんで引き寄せるところだった。

「なにをする。その人は、掛かり合いのない人だ。巻きこむな」

真吾は、手段を選ばない浪人たちに、激しい怒りを覚えた。

「おぬしに逃げられたくはない。そのためにはなんでもする」

下膨れの言葉に、

「頭がおかしい輩のようだな。俺が逃げなければ、その人を放すのだな」

怒りを抑えて真吾はいった。

「ああ、放してやるとも」

「よし」

下膨れは、抱えていた老婆を突き飛ばした。

老婆は、声を上げる間もなく、道端に倒れこんだ。

「おい、乱暴はよせ」

　真吾が老婆を案じたときに、

「死ね！」

　下膨れが、いきなり斬りつけた。

　だが、言葉ほどの迫力はなく、真吾を傷つけるだけが目的のようだ。

　真吾は余裕で刀をかわすと、下膨れの脚を蹴《け》飛ばした。

「わわっ」

　下膨れはすってんと前のめりに倒れこんだのだが……。

「ぎゃっ」

　倒れるときに、手をついた。刀を持ったままの右手もついたものだから、刀が顔に刺さり、鮮血がほとばしった。

「うわーっ」

　下膨れがやられたものだから、もうひとりが捨て身で斬りこんできた。これは、もう手加減しようなどという気はないらしい。

　これも真吾はかわすと、握った手の甲で相手の鼻っ柱をたたいた。

　ずいぶんと強くたたいてしまい、真吾の手がしびれる。

刀をかわされて、身体が泳いだ浪人は、刀を構えなおそうとしたが、鼻がひどく痛むので手をやると、

「わっ……わっ」

鼻から噴き出た血を見て、あわてふためいた。

三人目の浪人は、ただこのありさまを見ているだけで、動けないようだ。

「おい」

真吾が声をかけて近寄ろうとすると、

「く、くるな。くるんじゃない」

わめいて、刀を振りまわした。

理不尽なことをいわれ、さらに老婆まで突き飛ばしたことへの真吾の怒りは、浪人たちのあまりのぶざまさに、いくぶん和《やわ》らいでしまった。

「落ち着け。俺は、訊きたいのだ。母御がどうのこうのと、こいつがいっていたが、なにかの間違いだ。ほかにわけがあるのではないか」

「し、知らん」

「そんなことはなかろう」

真吾が、相手に詰め寄ろうとすると、

「く、くるなあ」

浪人は、脇目もふらずに駆けだした。

「ま……待てというに」

呆気《あっけ》にとられた真吾が振り向くと、顔を傷つけた浪人も、鼻血を出した浪人も、あたふたと走り出していた。

「お、おい」

追いかけようとしたが、なんだか莫迦らしくなった。

まわりを取り囲んでいる野次馬は多くはないが、どうにもばつが悪い。そして、老婆が気になった。

老婆は、心配した通りすがりの者たちが手を貸して起こしていた。

どうやら、怪我はなさそうなので、ひとまず安堵する。

「とんだことに巻きこんでしまった。申し訳ない」

真吾は、老婆に頭を下げた。

「いいんですよ。あなたさまがやっつけてくれたので、胸がすっとしました」

笑っていう老婆の言葉に、真吾は救われるような気がした。

老婆も野次馬たちも去っていくと、真吾は道場へと歩きだした。

（どうにもこうにも、わけが分からない。あのような弱い輩に頼んで、俺をどうしようとしたのか……）

真吾は、狐につままれたような気がしていた。

五

翌朝は、梅雨らしく小雨がぱらついていた。

稽古をはじめる段になって、真吾は妙な雰囲気に首をかしげた。

皆、真吾に対する態度や見る目が、いつもと違うのである。どこかかまえるというか、なにかいいたいのだがいえない、というような……。

そして、常岡孫三郎や増田紀之助といった、真吾よりも年長の武士の門人たちは、なぜか意地悪な笑みを浮かべて真吾を見ている。

気にしないようにして稽古をつけていたが、孫三郎たちの視線がどうにも気味が悪かった。

その日は、それだけで、ほかにはなにごとも起こらなかった。

翌日は、前日よりも雨が激しかった。

稽古にくる門人の数が少なかったが、真吾は雨のせいだろうと思った。

ひとつ、気になることがあった。加代の真吾を見る目が険《けわ》しかったことである。そばに寄ろうという素振りもない。

それはそれで面倒でなくなったのだからよいのだが、なぜまた見る目つきが変わったのかが腑《ふ》に落ちなかった。


翌日はさらに門人の数が少なかった。

やはり雨が降っていたが、真吾にはもはや雨のせいとは思えなかった。だが、理由は分からない。

夜になると、甚八郎への客がやってきた。前日もひとりあったが、この夜は、二人、三人とつづき、なにか真吾の知らない騒ぎが起きているような不穏なものを感じた。

そして翌朝、真吾は朝餉《あさげ》を済ますと、甚八郎に呼ばれた。

そこで、前日に感じた不穏なことがなんなのか分かったのである。

甚八郎は、見事な白髪だが、歳はまだ五十歳だ。

中背で無駄な肉がなく、鋼《はがね》のような印象を与える身体つきをしており、顔も頬《ほお》の肉が削《そ》げて厳しい風格を漂わせている。

いくぶん目尻の垂れた目をしているので、普段は柔和《にゅうわ》だが、叱るとき、怒るときは、その目の光が鋭くなる。

真吾が、甚八郎のいる座敷に入ったときには、その目は普段どおり柔らかいものだった。

「たしかめたいことがあって、きてもらったのだが、正直に応えてもらいたい」

甚八郎は、単刀直入に切り出した。

「はい。なんでしょうか」

真吾は、甚八郎の様子にいくぶん緊迫したものを感じて居住まいを正した。

「四日前の夕べ、竪川河畔において、顔見知りの浪人者の母親を侮辱し、腹を立てた相手に斬りつけて、顔に傷を負わせ、さらに通りかかった老婆を突き倒したというのは本当のことなのか」

甚八郎の言葉に、真吾は唖然《あぜん》として、しばらく言葉が出なかった。

じっと真吾を見る甚八郎の目には、鋭い光が宿っている。

「そ、それは本当のところもありますが、ほぼ間違っています」

「どこが本当で、どこが間違いなのだ」

甚八郎の問いに、真吾は四日前の夕刻に起こったことを話した。

「そうか……」

甚八郎はじっと真吾を見ていたが、やがて、

「よう分かった。下がってよいぞ」

「あの……さきほどの話は、いったいどこから」

「気にせずともよい。ただの噂だ。わしはお前を信じよう。これからも、佐兵衛の代わりを務めてくれよ」

甚八郎の言葉に、真吾は事情が分からなかったのだが、温かいものを感じて、胸を打たれた。

だが、その噂をいったいどこで誰がしているのかは、やはり気になった。

雑用を終えてから着替え、道場の稽古場へ出た。

すると、いつもよりも閑散としている。

雨が降っていると、休む者も自然と増えるが、この朝は降ってはいない。

「門人のかたたちが少ないようですが、なにかご存じですか」

近くにいた三十がらみの壮太《そうた》という町方の門人に訊いた。

「さあ……」

壮太は首をひねったが、

「出られていないかたがたは、お武家が多いようですね。しかも、旗本や御家人のかたがたが」

そういえばそうだと、真吾は見まわして思った。

孫三郎も紀之助もおらず、もっと格上の旗本の子弟たちもいなかった。

壮太は、なにかいいたそうだったが、口をつぐんでいた。

(さきほどの師範の話と掛かり合いがあるのか……それとも、なにかの行事でもあるのかな)

真吾は深く考えてもしかたがないと、稽古をはじめた。

甚八郎は、いつもの時刻に稽古場に出てきたが、門人の少ないのを見てもなにもいわなかった。

稽古を終えて、昼餉《ひるげ》を下男の時蔵ととった。

そのとき、加代がふと顔を覗《のぞ》かせたのだが、真吾を見て眉をひそめた。

気にしないようにしていたのだが、なにか自分の知らないことが起こっているような気がしてしかたがなかった。

午後は町方の門人が多く、いつもの賑《にぎ》わいに近くなった。

夕刻になり、稽古を終えて身体を拭き、着替え終わり、風呂を焚《た》く薪を用意していたときである。

滅多《めった》に道場の裏手にこない加代が姿を見せた。

「志垣さん」

この前は、真吾さんと呼んでいたが、改まった顔で、

「少しお話があるのですが」

眉間《みけん》を曇《くも》らせていった。

「なんでしょう」

真吾は、薪を置くと、加代に向かっていった。

「読売はお読みになって？」

加代の問いに、

「いえ、いつの読売ですか」

「三日前に売られたものよ」

「そこにね、志垣さんのことが書いてあるのよ」

「はあ」

「……ということは」

甚八郎がいっていた真吾に関する噂というのは、読売に書かれていたのかと気がついた。ただ人の口の端にのぼった噂ではなく、文字となって流布《るふ》されていることに、驚きかつ呆れた。

「一昨日の夜と、昨日の夜、旗本の御用人の方々が何人もいらしたのよ。読売を読んだけど、志垣というのは師範代をつづけるのかと、皆同じことを父上にお訊きになってたわ」

「……そのようなことがあったのですか」

真吾は、己《おのれ》のことなのに、なにも気がつかなかった迂闊《うかつ》さに恥じ入りたい気持ちになった。

「お父さまは、読売に書かれているようなことは信じないとおっしゃって。それでも、あんまりうるさいものだから、明日になったら訊いてみるからと応えてらしたのだけれど……」

「ええ、師範から訊かれたので、噂は嘘だと応えました」

「お父さまは信じたようね。でも、旗本の御用人の方々は、いくら本人に訊いて、噂が嘘だと分かったとしても、一度着せられた汚名は晴れないと……」

「汚名……」

真吾は、愕然《がくぜん》とした。自分が正しければそれでよいと思っていたのだが、どうやら世間はそうではないようだ。

「お父さまは、あくまでもあなたを庇《かば》うつもりのようですけど、このままじゃあ、旗本の家のお弟子さんたちがやめていくことになるのよ」

加代はそこまでしかいわなかったが、真吾に道場をやめてくれといいたいのは分かった。

あまりの理不尽な事態に、真吾は身内にいいようのない怒りがこみあげてくるのを感じた。

その怒りは、加代に向けたものではない。真吾をただの無頼漢《ぶらいかん》に貶《おとし》めた者たちへの怒りである。

怒りのために、ぶるぶると身体が震えてくる。それをなんとか押し隠し、

「……承知しました。道場をやめます」

真吾は、ようやく応えると、加代に背を向けた。

悔し涙が目ににじんだのを見られたくなかったからだ。

(嘘をいいだしたのは、誰だ。それに、どこの読売が、嘘を書き立てたのだ)

自分が貶められたことに対する怒りで震えていたが、やがて、師範の甚八郎までをも悩ませてしまったことに思いが及ぶと、それに対する怒りもわく。

そして、このようなことになってしまい、自責の念にかられた。

原因は自分にあるのかもしれないという気がふとした。なぜ、こうなったのか、それを突きとめたかった。

だが、その前に、道場を去らなければならない。真吾がいることで、武家の門人が減ることになれば、道場の将来が危うくなる。真吾が早くいなくなれば、旗本の家の門人たちも戻ってくることだろう。

自分にあてがわれた部屋に入ると、荷物をまとめた。着物や持ち物は少ないので、すぐに終わった。

十八歳のときからだから、三年以上暮らしていたことになる。

部屋を見まわしながら、真吾は唐突にここを離れることに対しての感慨がこみあげてきた。

しばしたたずんでいたが、やがて部屋を出ると、甚八郎に会いにいった。

真吾が道場をやめるというと、

「読売に書いてあったことは嘘なのだろう。ならば、やめることはない」

「ですが、わけは分かりませんが、俺が因《もと》で道場の名前に泥を塗ってしまったのはたしかです」

「わしは、お前をこうした形でやめさせるのは心苦しい」

甚八郎の苦渋に満ちた言葉に、

「そのお言葉だけで、充分です」

真吾は、目に涙を溜めて応えた。

甚八郎は、なおも真吾を引き止めた。だが、真吾の決心は固かった。これまでの恩を思えば、いつづけることが仇《あだ》となるのだ。

「どうしてもというのならしかたがない」

甚八郎は、真吾の決心の固いことを知り、肩を落とした。

「これまでの働きに対するものだ。餞《はなむけ》と思って受け取ってほしい」

甚八郎は、かなりの金子《きんす》を包んで真吾に渡そうとした。

真吾は辞退したが、

「師範として、最後に命じる。これを持っていけ」

強くいわれ、真吾はありがたく頂戴することにした。

甚八郎の前を辞すると、下男の時蔵を探して、新しい住処が決まるまで預かってもらうことを頼んだ。

そして、嘘八百を書きつらねた読売屋を探しに道場を出た。

六

あたりは夕闇に包まれつつあった。

遊んでいた子どもたちが、家々に帰っていく声がかまびすしい。

ふと、道場をのぞきこんでいる男に、真吾は気がついた。

「常岡どの」

孫三郎だと気がついて、声をかけた。

「お、おお、志垣か」

不意をつかれて孫三郎はうろたえたが、

「おぬし、大変なことになっておるようだな。道場にいられないではないか」

真吾をうかがうように見ながらいった。

「いま、師範に道場をやめて出ていくことを伝えました。ですから、常岡どのとも、これが最後となりましょう」

　真吾の言葉に、

「そ、そうか。それは名残惜《なごりお》しいではないか」

　その言葉とは裏腹に、嬉しそうに笑みを浮かべている。

　自分のことを疎《うと》ましく思っていたことは感じていたが、これほど喜ばれるとは、真吾は打ちのめされる思いがした。

「ところで、わたしについての悪い噂が書いてある読売があるそうですが、どこのなんという読売屋のものなのですか」

「うむ……たしか、あの読売は……千里堂《せんりどう》だったな。そうだ、千里堂といったような気がする」

「どこにあるのかご存じでは」

「えーと、長谷川町《はせがわちょう》だったかな」

「そうですか。助かりました」

　真吾は、孫三郎に頭を下げると、その場を立ち去った。

　その後ろ姿を、孫三郎はしてやったりの笑みを浮かべて見ていた。

真吾は、日本橋《にほんばし》北の長谷川町へと向かって歩いていた。

歩いているうちに、ふつふつと怒りがたぎってきた。

（いったいなぜ、あのようなひどい嘘を広めるのだ。俺がなにかしたというのか）

加代にいわれ、道場を去ることが己のなすべきことだと思い、その通りにするまでは、冷静でいられた。

冷静ではあったが、どこか夢の中にいるような感じがしていた。

そして、理不尽なことをされたことに対しての怒りは、あとになって大きくなってきたのである。

髪が逆立つかと思われるほどの物凄い形相になっていた。

道行く人たちが、真吾のただならぬ様子におびえて道をあける。野良猫も、真吾を見ると毛を逆立てたほどだ。

長谷川町に入って、道を掃いていた小間物屋の女中に、読売屋の千里堂はどこか訊くが、知らないと応えが返ってくる。

店の前にいる者や、道行く者たちに訊いてみるが、みな知らないようだ。

半刻（約一時間）も探しまわったが、知っている者には出会わなかった。

（ろくでもない読売なんぞ出しているほどだから、あばら家かなにかで、こっそりと作っているに違いない。こうなったら、意地でも探し出してやる）

むきになった真吾は、さらに人に訊きながら、長谷川町を歩きまわった。

そして、ようやく、

「ああ、千里堂さんね。あっちの路地に入って、奥にありますよ」

と教えてくれる老人に出会った。

いわれたとおりに路地に入っていくと、元は隠宅だったような古びた二階建ての家があった。生け垣は手入れをされておらず、その隙間から雑草が茫々《ぼうぼう》と生い茂っている庭が見えた。

門を開けて入ると、すぐに戸口だ。

「頼もう」

ひと声かけると、真吾は戸を開いた。

あまりに強く開いたものだから、ガタンと大きな音を立てて戸が全開になる。

「乱暴はよしてください。そんなに建てつけの悪い家ではないですぞ」

とっつきの部屋から声がして現れたのは、無精 髭《ぶしょうひげ》の目立つ小柄な痩せた男だっ

た。歳のころは四十ほどだろうか。背筋がぴんと張って姿勢がよい。顔も締まってお
り、町方の者にしては、武家のような雰囲気があった。

どこかで見た気がしたが、

「三日前の読売を書いたのは、お前か」

真吾は、きつい目で訊く。

「三日前?……そうです。たしか三日前の読売は、このわたし、千里堂の太吉《たきち》が書いたのですが」

「俺は、志垣真吾という者だ。この名前に覚えがあるだろう」

「はて……知りませんなあ」

「な、なに」

自分で書いておいて忘れたのかと、真吾が気色ばむと、

「いや、待ってください。あなた、見たことがありますぞ。おお、思い出した」

太吉は、手をぱちんと合わせると、

「梅雨に入ったころに、往来ですっ転んだ爺さんが、泥水を武家にはね飛ばして、ひと悶着《もんちゃく》ありましたが、あのときに、爺さんを助けたお人だ」

満面に笑みを浮かべた。

「む……そういえば俺に、無鉄砲なのはいけないとか、うまく切り抜けるやり方を思案するべきだといった男か」

　真吾も思い出し、

「あのときは、もっともなことをいっていたが、あのような嘘八百の読売を書く男とは知らなかったぞ。あれは間違いだったという読売を出してもらいたい」

「なにをいっているのか、分かりません。嘘八百など書いた覚えはないのですが」

「しらを切るつもりか」

　憤然とする真吾に、

「三日前の読売を持ってきますので、少しお待ちを」

　太吉は奥へひっこむと、一枚の読売を持ってきた。

「三日前のは、この一枚のみです」

　真吾は読売を受け取ると、目を走らせた。

「な、なんだ、これは」

「わたしは、しっかりと調べて書いたのです。どこが間違っているのか、教えてもらいたいものです」

「ば、莫迦にするのもいい加減にしろ。これは三日前の読売ではないだろう。正直に三日前のものを出せ」

真吾の手にした読売には、女の絵が描いてある。髪には大きな櫛と何本もの笄《こうがい》が差してあり、着物は派手だ。

「三日前はこの読売です。吉原《よしわら》の遊女の親孝行を書いたものですがね。そのあとは、まだ出しておりません」

そこに書かれてあるのは、吉原の遊女舞花《まいはな》の孝行美談だった。

舞花は、ひとり暮らしの老母が不自由な暮らしをしていて不憫《ふびん》だと日ごろ嘆《なげ》いていた。すると、客の大店《おおだな》の主人が、舞花の老母を思う心に打たれて、田町《たまち》に家を買い与えた。吉原に近いので、舞花もさらに孝行ができるようになった……というようなことが書かれてあったのである。

そして、日づけもあり、たしかに三日前の日づけだった。

「もうひとつ、読売を出したということはないのか」

「ないですよ。あなたのいっている読売というものは、どういうことが書いてあるのですか」

太吉の問いに、真吾は、読売を直《じか》に読んでいるわけではないので、甚八郎がいっていた噂をそのまま話した。

「ほう、それは読んだ覚えがあります。たしか……」

太吉は、またも奥へひっこむと、なにやらごそごそとやっていたが、また一枚の読売を持ってきた。

「これです」

渡された読売には、若い月代の伸びた武士が、白刃《はくじん》を翻《ひるがえ》して三人の浪人者を斬っており、老婆がひとり倒れ伏している絵が描かれていた。

武士の顔は般若《はんにゃ》のように恐ろしいもので、

「影山道場の師範代志垣真吾錯乱《さくらん》血煙《ちけむり》の川端」

などという大きな文字が目をひくように書かれていた。

文を読むと、おおかた甚八郎がいっていた内容が書いてあった。

「こ、これだ……」

実際に文を読むと、怒りがまたふつふつと沸き起こってくる。

「わたしのところの読売ではありません。これは萬福屋《まんぷくや》のです」

「萬福屋……ここではないのか。常岡どのは千里堂だと……」

孫三郎が、読売屋の名前を取り違えたのだろうかと、真吾は思った。

「この読売は売れたようです。あなたが、ここに書かれた志垣真吾さんですか。あなたは血の気が多いから、とんだ勘違いをされたのではないですか……だが、勘違いをするにしても、ずいぶんと非道な男だと書かれておりますな」

太吉は、哀《あわ》れむような目を向けた。

真吾はそのような目で見られたくはなかったが……。

「……あ……いや、すまん。とんだ濡《ぬ》れ衣《ぎぬ》を着せてしまった。すまぬことをした」

真吾は、腰を折って頭を下げた。

「分かってくださったら、それでいいですよ」

太吉は、屈託なく応える。

真吾は頭を上げると、

「かたじけない。……迷惑をかけてなんだが、ひとつ頼みたいことがある。この読売を貸してはもらえないか」

「萬福屋さんに怒鳴《どな》りこむつもりですかい」

太吉は、眉をひそめた。

「もちろんそうだ」

「それは、やめたほうがよいですよ」

「なぜだ。こんな出鱈目《でたらめ》な読売を出されたままで黙っていられるわけがない」

「怒るのはもっともなんですが……怒鳴りこんだところで、さらに嫌な目に遭《あ》うのが落ちですよ」

「どのように嫌な目に遭うというんだ」

「まあ、中に入って、ゆっくり話しましょう。ちょうど一仕事終わったところなので、暇《ひま》なのですよ」

「いや、俺はすぐにでも萬福屋へいって、誤りを正してもらいたいのだ」

はやる真吾に、

「先方へいくにしても、もう少し落ち着いてからのほうがよいと思いますがね。それに、萬福屋がどのような態度に出てくるかも知っておいたほうがよいです」

太吉は、さとすようにいう。

いわれて真吾は、いまの自分はあまりに頭に血がのぼっている気がした。

「では、ほんのしばらくのあいだ、話を聞こう」

真吾は、家に上がった。

七

入った部屋は、丸めた料紙が散らかっていた。

読売を書いていたようで、筆と書きかけの料紙が座卓の上に載っている。

太吉は腰をかがめて、料紙を部屋の隅《すみ》へと手でかき寄せ、真吾の座る場所を作ってくれた。

「おーい、茶を持ってきてくれ」

奥へと声をかけると、

「萬福屋は、たちの悪い読売屋です。金儲《もう》けの道具に読売を使っているとしか思えませんな」

太吉の声に苦々しさが籠もっていた。

座ることによって、そして太吉との会話で、少し落ち着いた真吾は、太吉のいうことに興味を持った。

「俺は、読売なんぞ、ついぞ読んだことがない。どうせ、くだらない噂話ばかりが載っているのだろうと思ってな」

真吾の言葉に、

「そうした読売が多いのです。だが、そうした噂話も、憂《う》き世《よ》の憂さを晴らすために
は、なかなかどうして役に立つものなのですよ」

「そうかな……」

そのとき、奥から足音がして、若い娘が現れた。

歳のころは十五、六で、色が白く頬がぷっくらとして、大きな目が可愛らしい。

「いらっしゃいませ」

と、手をついていうと、茶を真吾と太吉の前にそれぞれ置いた。

「お秋《あき》か、まだいたのか。おきよはどうしているんだ」

「夕餉のためにお買い物にいきました。あたしは、もう少ししたら帰ります」

「そうか」

「では、ごゆっくり」

真吾に頭を下げると、お秋と呼ばれた娘は部屋から出ていった。

太吉は、お秋についてはなにも語らず、

「萬福屋のことですが、あそこはたちが悪いといいましたが、売るためにはなんでもするところなのです。だから、嘘も平気で書くのですよ」

話を戻した。

「ひどいではないか」

「そうです。嘘を書かれて……嘘ではなくても、大袈裟《おおげさ》に嫌なことを書かれ、怒鳴りこむ人たちはたくさんいるようです。だが、あそこには、いかにも強面《こわもて》の用心棒が二人いて、みんな逆に脅《おど》されて、すごすごと帰ることになるとか」

「用心棒など、こちらが蹴散らしてやる」

「それだけではなく、怒鳴りこんできたことを種に、また面白おかしく読売にして売るのです。それだけで、たいていの人はまいってしまいますな」

「そんなものか」

「人に見られるのも嫌だと閉じこもってしまうか、引越しをして、誰も知らないところに移り住もうとする人もいるようです」

「ひどい……やはり、許せない。ともかく、いってみる」

真吾は、断固とした調子でいうと立ち上がった。

「精々《せいぜい》、気をつけることです」

いうだけのことはいったせいか、太吉は今度はとめなかった。

すでに日は暮れているが、梅雨にしては珍しく空に雲は少なく月が出ている。

萬福屋は、千里堂から四半刻（約三十分）も歩いた須田町《すだちょう》にあった。

千里堂とは違って、小粋《こいき》な茅葺《かやぶ》きの門がついており、どこかの大店《おおだな》の寮といったたたずまいだ。

門を開けようとしたが、閂《かんぬき》がかかっている。

「頼もう」

真吾は、大声で呼ばわった。

なんどか大声を出していると、

「うるさいぞ。なんの用だ」

戸口が開く音のあとに、応える声がした。

「俺は志垣真吾という者だ。萬福屋の読売にひどいことが書いてあるので、取り消してもらいにきた」

「取り消しに……いったいなんのことだ」

真吾の名前をいっても、相手はなんのことか分からないようだ。

「お前では埒《らち》が明かん。読売について詳しい者を出せ」

「なんだと。聞き捨てならんな」

門の門を外して出てきたのは、小さな丸い目をしているが、岩のようにごつごつとした顔つきの、身体も岩のように頑丈《がんじょう》そうな固太りの浪人だった。歳は三十くらいだろうか。

だが、浪人風の着流しで、月代こそ伸びているが髭《ひげ》は剃っており、着流しも垢《あか》じみてはいない。

「お前は用心棒か」

真吾の問いに、

「そうだ。おぬしのようないいがかりをつけにやってくる手合いを追い返すのが、わしの仕事だ。おぬしも痛い目に遭いたくなかったら、退散するんだな」

「そうはいかない。読売を書いた者をここに出せ」

「どうやら、痛い目に遭いたいとみえるな」

そこで、用心棒は抜刀するかにみえたが、なにを思ったのか、

「ちょっと待っておれ」

家の中に入ってしまった。

(ひょっとすると、取り次いでくれるのか)

と思った真吾だが、すぐに出てきた用心棒は、

「真剣では命がけだ。これを使おう」

両手に持った木刀を真吾に見せた。

「望むところだ」

真吾の言葉に、用心棒は木刀を放ってきた。

二人は、門の前の路地で木刀を持って対峙することになった。

「いくら木刀といっても、当たれば骨が折れるぞ」

用心棒が余裕を見せていう。

「それはこちらのいうことだ」

真吾がいったとき、

「なんだなんだ」

戸口から、もうひとり浪人が出てきた。

痩せていて、ギョロッとした大きな目の眼光が鋭い。この浪人も小綺麗《ぎれい》にしており、萬福屋で厚遇を受けているのがうかがえる。歳は、やはり三十くらいだろう。

「おい、浪越《なみこし》、いたずらに立ち合うな。あと始末が面倒だ」

痩せた浪人が、呆れたような声を出す。

「身体がなまっていかん。こいつ、なかなかできそうなのでな。ちと可愛がってみたくなったのよ」

浪越と呼ばれた浪人は、にやりと笑った。

「早くすませろよ」

痩せた浪人は首を振ると、門を閉めてしまった。

「なんだ、富樫《とがし》、わしの技を見たくはないというのか」

「いつも見ているから、もうよい」

門の向こうから富樫と呼ばれた男の声がする。

「だそうだ。見物はいないが、俺は手加減をせぬぞ」

浪越は、真吾に向き合った。

「ご託《たく》の多い奴だな。俺は、書いた奴に会いたいだけだ」

「では」

浪越は、いきなり木刀を突いてきた。

真吾は、その突きを木刀ではらった。じんと腕がしびれる。浪越は、相当な力を持っている。

「わしの突きをはじくとは、なかなかやるではないか」

浪越は舌なめずりすると、

「面白くなってきたぞ」

上段から打ちこんでくる。

真吾は、これもはじいたが、瞬時の間で、つぎの攻撃が襲ってくる。

なかなか攻勢に転じられず、真吾は防戦一方になってしまった。

八

二人の木刀での打ち合いはつづき、双方ともに息が激しく乱れていた。

真吾は防戦一方から、攻勢にも転じられるようになっていた。

お互いに、何度か、木刀が肩口や胴に決まったが、動けなくなるほどには痛めてはいない。

これが真剣だったら、どちらかが、あるいは二人ともに、血を流して立っていられたかどうか分からないところだ。

「おい、なにを手こずっているのだ」

ばんっと門を開けたのは、さきほどの富樫だ。

二人を交互に見て、

「おやおや、どうやら互角のようだな」

愉快そうに笑っていった。

「どれ、疲れているところを、俺が相手をすれば、もうかなうまい」

富樫が浪越の木刀を取ろうとすると、

「やめろ。まだ、終わってはおらん。水を差すな」

浪越はかたくなな表情でこばんだ。

「俺たちは用心棒だ。こういう手合いを追い返すのが役目だろうが」

富樫が呆れたような顔でいう。

「うるさい」

「困った奴だな」

富樫はまた門をくぐった。だが、門扉は開け放したままである。

すると、すぐにまた現れ、

「武兵衛《ぶへえ》どの、こういうことになっているのだが、この若い奴の話を聞いてみる気はないか」

背後にいる者に、富樫はいった。

富樫に並んで、でっぷりと太った狸《たぬき》のような顔の男が現れる。ただし、目つきだけは狸のように愛らしくはなく、とがっていた。

「ほう、珍しいものが見られるというのできてみたら、浪越どのが苦労されているとは。あはははは」

武兵衛は、面白そうに笑うが、目はとがったままだ。

浪越は、顔をしかめたがなにもいわない。

さらに、一歩踏みこみ、真吾に襲いかかろうとしたが、

「よいでしょう。そのお若いお武家さんの話を聞いてみようではありませんか。この場でよいでしょう。いったいどんなことですかな」

武兵衛の言葉に、浪越の気勢はそがれた。

「間違ったことを読売に書かないでもらいたい。そして、間違いだったことを読売に書いてもらいたいのだ」

真吾は、懐から萬福屋の読売を出してかざすと、武兵衛に、まったく事実でないことが書いてあるといった。

「ふむふむ、ですが、それはあなたさま……えーと、志垣真吾さまですな。志垣さまのいい分であって、わたしどもが調べたかぎりでは、書いてあるとおりなのですよ。それが違うというのは心外ですなあ」

武兵衛は、木で鼻をくくったような調子でいう。

「俺が浪人の母御を貶めたなどということはない。あの老婆も浪人が俺を引き止めるためにつかまえて、突き飛ばしたのだ」

「それは、あなたさまのいい分ですな。相手の浪人のかたたちのいい分は違いますよ。見ていた者からも聞きましたし、わたしは読売の中身に自信があります」

「くっ……」

武兵衛の態度に、真吾は手も足も出ない。

「もう話すことはありませんな。もし、読売が間違っていたというのなら、その手証を持ってきてくだされば、考えないでもありませんよ」

「手証……」

嘘だと認めさせるには、浪人にその話が嘘だと白状させ、見ていた者を連れてくるほかはないだろう。できれば老婆もだ。

「では、もうお帰りください」

武兵衛は引っこんでしまった。

「というわけだ。さて、もう帰ってもらおうか。おい、浪越、もう遊びはやめだ。こいつが帰らないというのなら、俺が加勢する」

といって、富樫は刀の柄に手をかけた。

「待て。勝負はついておらん」

浪越の言葉に、

「これは仕事だ。勝負したいなら、日をあらためて、どこかほかのところでやれ」

富樫は取り合わず、浪越も溜め息をつくと、

「しかたがない。志垣とやら、もう帰ってくれ。さもないと、二人がかりで追い返さねばならん」

「くそっ……」

真吾は憤懣《ふんまん》やるかたないのだが、ここでやりあっても無駄な気がした。

武兵衛になにをいっても、暖簾《のれん》に腕押しだ。

木刀を浪越に放って、真吾は、萬福屋の前から退散せねばならなかった。

剣客として、浪越と決着をつけられなかった悔しさと、武兵衛に手もなくあしらわれたことへの怒りを抱いたまま、真吾は夜の町を歩きまわっていた。

そして、いつしか足は千里堂の前にきていた。

千里堂の太吉に、どうしたらよいのかを訊くつもりになっていた。

「あんたのいったとおりだ。体《てい》よく追い返されたよ」

歩いている途中に、頭にのぼった血も少しはひいて、ずいぶんと落ち着きを取り戻した真吾は、太吉の部屋に入れてもらうと、早速太吉にいった。

「どこも怪我をしていないようだ。それだけでも運がよかったですよ」

「相手が二人になったときに、帰ってきたんだよ。怖気《おじけ》づいたわけではないが、やりあっても無駄な気がしてな」

「それが賢明というもんです。で、これからどうするつもりなのです」

「うーむ、どうすればよいのだ。それを知りたくてきたんだがな」

「本当のことを巷《ちまた》の人たちに報《しら》せたいのであれば、力を貸しますぞ」

「どうやって」

「わたしの読売で、本当のことを報せるのはどうです」

太吉の言葉に、真吾は目を見開いた。

「そ、そうか、その手があったか」

「それには、あなたのいうことだけを信じて書くわけにはいきません。いろいろと調べてみてのことですが」

「それはありがたい」

「だが、それでよいのですかな」

「よいに決まっているだろう。なにかいけないことでもあるのか」

「人の噂も七十五日といいますが、実はもっと早くおさまるものです。それを、わたしがほじくったことをさらけ出したら、また道場のことが口の端にのぼることになります。よいことばかりならよいのですがね」

「悪いことなどないと思うが」

「それならよいです。だが、あなたについての嘘八百が書かれたことの裏に、なにかよくないことがあるとしたらどうなんです。なにか思い当たることはありませんかね。わたしは、それが気がかりなんですが」

「む……そ、それは」

「それが道場と掛かり合うことだったらどうします」

「道場と……」

真吾は、はたと考えこんだ。

とんでもないいいがかりで襲われたのだが、それについての読売の内容もまったくの嘘だった。

もし、真吾を貶めて、道場から去らせるのが目的だとしたら……そこには、真吾の思ってもみないことがあるのかもしれない。

(下手につっついて、それが影山道場によくないことになったら……)

「わたしは、読売屋です。道場についてのよくないことが判明したとしたら、それを遠慮なく書きますよ。それが世のためと思ったなら」

「うーむ……」

真吾は、自分が貶められた理由が分からずに、なんとも応えようがなかった。

「まあ、よく考えてみることです」

太吉の言葉に、真吾はただうなずくしかなかった。

九

「ところで、あのような読売が出て、道場に居づらくなってはいませんか」

「い、いや……」

つぎのねぐらが決まるまでは、部屋を引き払うことはないと、甚八郎にいわれていたのだが、できれば、今日中に決めたかった。

だが、そのような暇はなく、すでに夜になってしまっている。

「つい長居してしまった。帰る」

　立ち上がりかけた真吾に、

「無理をしてはいけません。道場へ帰りづらいのでしょう。ならば、ここに泊まっていったら如何《いかが》です」

「こ、ここにか。お互いによく知らぬ仲だが」

「そんなことはどうでもよいですよ。それよりも……あなたは、嘘八百を読売に書かれたといっていたが、ひとりで三人やっつけたのは本当でしょう」

「いや、あれは相手が弱すぎた」

「だとしても、相当な腕です。さすが、師範代ですね。そのあなたに、ぜひとも用心棒をやってもらいたいのです。それも住みこみで」

「用心棒……ここのか」

「そうです。千里堂は、巷で起こった些細《ささい》だが面白いことや、吉原や水茶屋の娘の細見や評判記なども載せます。ですが、いっぽうでは、あくどいことをして儲けている商家や、ときには武家が裏で悪さをしていたら、それも書きます。それを根に持って、仕返しをしようとする輩がたまにいるのですよ。そのための用心棒です。夜もいてもらえると、ありがたいのですがね」

「ふうむ、いろいろとあるのだな。だが、これまではどうしていたのだ」

「実は、わたしも、やっとうには少し自信があります。それと、ここには元相撲《すもう》取りもいます。これまでは、なんとかわたしたちだけでしのいできたが、頼りになる用心棒が入れば、それに越したことはないのですよ」

太吉の申し出は、悪くはなかった。だが……。

（剣士たるもの、用心棒などという下賤《げせん》なことをしてよいものかどうか……）

真吾は、ためらうものを感じた。

蓄《たくわ》えはあるし、甚八郎からも過分な餞をもらった。当分食っていけるにしても、いずれは仕事を探さなくてはならないのだ。

「申し出はありがたいが、少し考えさせてもらいたい」

真吾は応えると、千里堂を出た。

千里堂は二階建てだ。ふと二階を見上げると、行灯《あんどん》の明かりが漏《も》れている。

（二階には、どのような者がいるのだろう）

すると、その二階から、

「彫ったぞ。早く摺《す》ってくれ」

という野太い声が聞こえた。

(彫ったというのだから、彫師か)

「そんなら、腕によりをかけて摺りまっしゃろかい」

甲高《かんだか》い声が応えた。上方《かみがた》の者らしい。

なにやら、千里堂全体が騒々《そうぞう》しい雰囲気に満ちてきたように感じられた。

(遊女の評判記かなにかだろうな)

真吾は、どうせそのようなものだろうと思った。

その夜は、夜鷹蕎麦《よたかそば》が出ていたので、蕎麦を食べてから道場に戻った。

道場には勝手口から入り、会ったのは時蔵だけだった。なにかこそこそしているようで、早くねぐらを探さなくてはと思った。

「志垣さま。旦那さまから、これをお預かりしています」

時蔵は、真吾に一枚の畳紙《たとうがみ》を渡してくれた。

なんだろうと思って開いてみると、それは真吾の人柄と剣の腕前を自分が請け合《う》うと書いてある添状《そえじょう》だった。つまり、他道場への推薦状である。

甚八郎の添状があっても、他道場で師範代を務めるのは難しいだろう。だが、真吾は甚八郎の恩情を感じ、

「影山先生、かたじけなく存じます。これまでのご恩は一生忘れはしません」

道場のある方角に向かって頭《こうべ》を垂れた。

その夜は、寝るまで甚八郎に当てて、これまでの礼を述べた書状を認《したた》めた。

長屋が決まったあとに、いま一度会いたかったが、会ってしまうと、ここを離れたくないという気持ちが強くなってしまいそうだったので、ひっそりと出ていくつもりだった。


翌朝は早く起き、時蔵が朝餉を食べていけといったが、

「もう道場の者ではないので、遠慮します」

といって断り、門人たちが稽古にくる前に外に出た。

その日は、ねぐらを探すことに当てようと思っていた。

雨は降りそうで降っていない。

萬福屋については、ねぐらが決まったあとにすることにした。自分を貶めたわけをぜひとも知りたかったので、そのままにする気はなかったのである。

（さて、どこに住まうか）

などと思うと、江戸は広い。どこへいってよいのか、皆目見当がつかない。

闇雲に歩いて、ここはどうだあっちにいってみようかと、いたずらに歩きまわっているうちに、正午を過ぎた。

目についた一膳飯屋《いちぜんめしや》に入る。

目刺《めざ》しと大根の漬け物と薄い澄まし汁で飯を食べた。

茶を飲んでいると、真吾の耳に、

「この読売によると、汚《きたね》え手口を使っていたようだぜ、増井堂《ますいどう》は」

という声が聞こえた。

「どれどれ読んでくれ」

応える声がして、戸口の腰高障子《こしだかしょうじ》に二人の男の影が通りすぎた。

通りがかりの者たちの話し声が、耳に飛びこんできたのである。

(読売に書かれていることを話し合っているのか)

真吾はそのことに軽い驚きを覚えた。これまで、真吾にはそのようなことがなかったからである。だが、いまは驚きよりも、

(またいい加減なことを書いて、どこかの店を貶めているのだろうな)

うんざりする気持ちのほうが強かった。

(広小路《ひろこうじ》のほうへでもいってみるか。賑やかなところの近くに住むのもよいかもしれ

んぞ）

一膳飯屋を出て、両国《りょうごく》の広小路を目指して歩きはじめたときである。

前方からくる男が、読売を読みながら歩いているものだから、真吾にぶつかりそうになった。

「おい、気をつけたほうがよいぞ」

真吾が身体を避けて、声をかけると、男ははっとした顔で立ち止まり、

「す、すみません。な、なにとぞお許しを」

おろおろとして、何度も頭を下げる。

往来で、武士に不用意に身体を当てたりすると、武士の機嫌次第で、最悪の場合、無礼討ちに遭うことがある。

男は、商家の手代のようで、三十ほどの気の弱そうな顔をしている。

「気にするな。それよりも、読みながら歩くほど、その読売は面白いのか」

真吾は、気になって訊いた。読みながら歩くなど、江戸の町中では、珍しい光景だったからだ。

「へ、へえ、それが、私どもの娘にも掛かり合うことなので、夢中で読んでおりまして、なんとも申し訳ないことを……」

まだ謝っている。

「ふうむ……」

そのままいきすぎようとしたが、ふと読売に目をやった真吾は、そこに読売屋の名前をみとめて、

「千里堂の読売なのか」

「へ、へえ……そうです。千里堂は、たまにこうしたことを書いてくれるので助かります」

男の言葉に、真吾はなにが書いてあるのか急に気になった。

「その読売、いま読ませてはくれないか」

「どうぞ。お読みくださいまし」

男は読売を真吾に差し出した。

千里堂の読売には、白粉屋《おしろいや》の増井堂が水増しした質の悪い白粉を売りつけていたと書いてあった。

白粉の中に、石灰を混ぜていたというのである。

「これは本当のことなのだろうか」

ふと、千里堂を疑う言葉が出た。萬福屋のことが頭にあったからだが、男は、頭を

横に振って、

「千里堂の読売なら、嘘は書きませんよ。これまでも、千里堂に悪事を暴《あば》かれて、いいがかりをつけるなと怒鳴りこんだ店があったそうですが、お役人が調べに入ったら、読売のとおりだったことが何度もあるんですよ」

「ほう、そうなのか。それほど千里堂という読売屋は、たしかなことを書いているのか」

「ええ、いまのところ、私が見るかぎりは、江戸一番でしょうね」

男は、自分が読売の目利きであるかのように、胸を張っていった。

そして、娘が増井堂の白粉を使っていたところ、いつも咳《せき》をするようになってしまったのだといって、顔をしかめた。

「これから増井堂へ、金を返してもらいにいってきますよ。ひどい店だ」

男は、肩をいからせて歩み去った。

昨日、千里堂の二階から聞こえてきた声を真吾は思い出した。遊女の評判記などではなく、増井堂についての読売を作っていた最中だったのだ。

(千里堂は、なかなかどうして、信頼されている読売屋なのだな)

真吾は、千里堂と太吉を見直した。

真吾は、両国広小路を通り越して、長谷川町へと向かった。

千里堂へいってみようと思ったのだ。

増井堂のような商家の不正を暴いていると、太吉がいったように、仕返しをしようとする者も現れるだろう。

真吾の剣が、少しでも役立つのなら、当面のあいだ用心棒をしてもよいという気がしてきたのである。

ゆくゆくはやはり剣術道場で剣を教えたい。だが、影山道場を不名誉な形でやめたばかりなので、しばらくは自粛《じしゅく》しようと思っていた。

十

千里堂は、ひっそりとしていた。

声をかけてみるが、応えはない。

戸口に手をかけると、心張り棒《しんばりぼう》はしておらず、がらりと音を立てて開いた。

もう一度声をかけるが、反応はない。

だが、ごごーっという鼾《いびき》が二階から聞こえてきた。耳を澄ませていると、徐々に鼾は小さくなっていく。

さらに声をかけると、二階からの鼾が応えるように大きくなった。

鼾が小さくなるのを待って耳を澄ませていると、一階の奥の部屋からは寝息が聞こえてくる。

（昼日中から、みんな眠っているのか……）

真吾は、今度は音を立てずに戸口を閉めた。

「なんの用ですか」

声がして、振り向くと、小柄で太った男が立って訝《いぶか》しげに見ていた。

頭の毛のまったくない、いわゆるつるっ禿《ぱ》げで、目が著《いちじる》しく垂れたところは、ひょっとこみたいだ。歳のころは三十くらいだろうか。

「太吉どのに会いにきたのだが」

「大将は寝てますよ。なにしろ、朝まで仕事して、売子と一緒に声を張り上げていたようですからねえ」

「売子というと」

「辻で読売を売ってるのがいるでしょう。あれですよ」

「それを、太吉どのが手伝ったのか」

「ええ。なにせ、増井堂のあくどいことを暴いたってんで、たくさん売りさばいてやると息巻いてましたからねえ」

「あんたは、眠っていないが、なにをしている人なのだ」

「その前に、ご自分がなにものなのか、教えてもらうのが先でありましょう」

「おっと、すまん。俺は、志垣真吾といってな、まあ、いろいろあって、太吉どのに用心棒をしてみないかといわれていたのだ。それで……」

「おお、それはありがたいこってすよ。用心棒がいないと、なにかと物騒でしかたありませんからねえ」

「そんなに物騒なことが多いのか」

「そりゃあもう。あたしの書いているような戯《ざ》れごとはともかく、大将のたまに書く辛辣《しんらつ》なやつには、やり玉にあがった者が怒鳴りこみにきたりしますよ。追い返すのがひと苦労ですよ」

「なるほど」

「岡っ引きに金でもやっていれば、追い払ってくれるんでしょうが、大将は、お上に連なる者には、なるべく頼らないでいたいというんですよ。お役人だって、陰では汚いことをしてますからね。なにかあったら読売に書くかもしれねえって……でも、あんまりそこには触れないでいてもらいたいんですよ。いや、これ、あたしの本音ですがね」

男は、揉《も》み手をしながら笑うと、

「あたしは、遊亭迷助《あそびていめいすけ》ってえ名前で、戯作をちょいとやっているかたわら、千里堂では、遊女や水茶屋の女の評判記などを書いているんですよ」

「ほう、どのような戯作を」

「いや、なに、まだ一冊も出てはいないんですがね。そのうち、あっと驚くようなものを書いてみますよ」

でへへと笑って、迷助は禿げた頭をかいた。

「太吉どのが眠っているのなら、出直してこよう」

真吾の言葉に、

「いえいえ、待ってくださいな。今日は読売が出たばかりだから、増井堂が難癖《なんくせ》つけにくる暇はないでしょうが、なにがあるか分かりゃあしません。用心棒になったんなら、中にいてくださいよ」

迷助に押されるようにして、真吾は千里堂の一階のとっつきの部屋に通された。

そこには誰もおらず、奥の部屋では太吉が眠っており、二階では、帰りそびれた誰かが眠っているのだろうということだった。

「この部屋は、客がきたときに通す部屋なんですよ。とりあえず、ここにいてくださいな。あたしは、あたしの部屋へいきますから」

迷助の部屋は、二階にあるのだそうだ。

二階へいく前に、迷助はなにやらごそごそとやっていたが、

「おきよという下女がいるんですがね、いまは用足しで出かけてますんで……あたしが淹《い》れるとうまかねえかもしれないんですが、まあおひとつ」

茶を淹れてもってきてくれた。

「おお、これはかたじけない。昨日は、若い娘がいたようだが」

「ああ、お秋さんですね。お秋さんは、大将の子なんですよ」

「えっ、太吉どのの娘ということか。では、お内儀《ないぎ》は……」

「どこかほかのところに住んでいるみたいですね。おかみさんは見たことがないですがね、あの子はちょくちょくやってきますよ。お秋さん、可愛い娘でしょ。あんたね、手を出しちゃあいけませんよ。下手なことをしたら、大将に殺されますから。なにせ、大将は元は武士だったんですから」

「そうなのか……」

真吾は、太吉の身のこなしに、町方の者とは違った姿勢のよさを感じていたが、元が武士なのなら合点がいった。

迷助に、もっといろいろ訊きたかったが、すぐに二階に上がられてしまったので、なにも訊けず仕舞いだった。

茶を飲んで、ぼんやり座っていると、奥から足音が聞こえてきた。

がらっと襖《ふすま》が開いて、

「用心棒をしてくれる気になったのですか」

太吉が笑顔でいった。

寝間着のままで、無精髭が伸び、いかにも寝起きといった格好だ。

「え、ええ……しばらくのあいだ、厄介《やっかい》になろうかと思いましてね」

思わず、言葉遣いが丁寧になった。

迷助から、太吉が元は武士だと聞いたからもあるが、それだけではなく、太吉の品格を感じていたせいか、ぞんざいな受け答えをすることに、自然とためらうものがあったのである。

「ありがたい。さきほど、迷助と話している声で目が覚めたのですよ。あの声は、志垣さんじゃないかと思った途端、目が冴《さ》えてきました」

といって、太吉は大きな欠伸《あくび》をした。


顔を洗い、着替えた太吉は、無精髭はそのままに、

「腹が減りました。ちょいとそこの料理屋へいきましょう」

「だが、用心棒はここにいなくてはいけないのでは」

「なに、少しのあいだです。なにかあったら、迷助が飛んできますよ。大声を上げたら、聞こえますしね」

太吉は、迷助には出かけると告げてあるといった。

「昼飯を食べたばかりで、腹は減っていないのですが」

「酒を呑《の》んでいたらいいでしょう」

「ところが、俺は呑めない口なのですよ」

「なんと……それは可哀相な」

「俺は、自分のことを可哀相だとは思いませんがね」

「ふふっ、わたしが呑んべえだから、そう思うだけのことですな」

太吉は、ともかく付き合ってほしいといって、真吾を連れ出した。

料理屋は、千里堂のある路地から出たばかりのところにあった。

太吉は、酒と料理を注文した。真吾は茶だ。

「あなたは、ずっと道場住まいだったわけじゃないんでしょう。その前はどうしていたんです」

太吉に水を向けられ、真吾は両親のことや、剣術道場で寝泊まりすることになったいきさつなどを話した。

「それは苦労しましたね。道理で、若いのに似ず、しっかりしていると思いました」

まんざら世辞でもなく、太吉はいうと、

「実は、わたしは元は武士で御家人の家に生まれたのです」

自分のことを語りだした。

「迷助どのから聞きました。どこかそのような感じを受けていましたが」

「あいつはお喋《しゃべ》りですから。わたしは、御家人の三男坊なのです。婿《むこ》養子の口があればよいのですが、なかなかあるものではありませんから、そのままでは部屋住みの穀《ごく》潰《つぶ》しとなります。なにか金を稼げることはないかと探しているうちに、ひょんなことで読売屋千里堂の用心棒になったのですよ」

そして、いつしか自分でも書くようになり、千里堂の主人が引退したときに、仕事を引き継いだのだという。

そのときに、思い切って武士を捨て、町方の者になったそうだ。

太吉が継ぐまでは、吉原や水茶屋の女の細見を載せるほかは、心中事件を扱うくらいの読売だった。太吉はそれでは飽《あ》き足らずに、もっといろいろな事件や、できれば闇《やみ》に巣くう悪を読売で暴きたいと思った。

「だが、いつも上手《うま》くいくとはかぎりません。不用意に書いたものが、人を傷つけたり、勘違いから店の評判を落としたりと、失敗もありました。その都度、やめてしまおうかと思ったのですが、ともかく、失敗を糧にして、つづけていくことが読売屋の使命ではないかと思うようになったのです」

「それは、なかなか志《こころざし》の高いことですね」

真吾が感心していうと、

「その代わりに、失うものも大きかったのですよ」

淡々と話していた太吉だが、このときは一瞬寂しそうな表情になった。

「あくどい連中のことを暴いて、仕返しでもされたのですか」

真吾の問いに、

「いやいや、そうではありません。読売の仕事にいそがしくて、家に帰ることもままならず、そのせいで女房に出ていかれてしまったのです」

太吉は頭をかいた。

千里堂の用心棒になったときに、近所の料理屋で住みこみの女中をしているお久《ひさ》とできて一緒になり、娘のお秋が生まれたという。

だが、ある日、徹夜明けで帰った太吉は、お久が十二歳になるお秋を連れて家を出ていったことを知ったのだそうだ。

「それがもう三年前のことです。お久は、浅草《あさくさ》の親許に身を寄せたあと、下谷《したや》に料理屋を出したんですがね、もともと愛想がよいのが取り柄のせいか、けっこう繁盛しているようですよ」

「呑みにいったことがあるのですか」

「いえ、一度もいったことはありません。お秋が、たまにやってきては、お久がどうしているのか勝手に話して帰っていくのですが……お秋には昨日、志垣さんはお会いになりましたな」

「ええ……お秋さんは、二人に元の鞘におさまってほしいのでは」

「そうでしょうか。ですが、そうは上手くいくわけがありません。わたしが読売をやめないかぎりは……あるいは、毒にも薬にもならない読売にして、毎日ちゃんと家にいるようになれば、ひょっとするとあいつも戻ってくるかもしれませんけどね」

太吉には、そのようなつもりは毛頭なさそうである。

真吾は、太吉が腹を割って話してくれて嬉しかった。

十一

料理屋を出たのは、夕刻に近かった。

昼すぎに入ったのだから、ずいぶん長く話していたものだ。

二人して千里堂に戻ると、太吉を待っている者がいた。

羽織を着た商家の主人か番頭かといった格好で、四十がらみの小太り、温厚な顔だちの男だった。

「おやおや、鎌次郎《かまじろう》さんじゃありませんか」

「不躾《ぶしつけ》とは思いましたが、ぜひ相談に乗っていただきたいことがございまして、待たせていただきました」

鎌次郎は、居住まいを正して挨拶した。

太吉は、真吾を今日から用心棒をすることになった者だと鎌次郎に紹介すると、今度は真吾に向かって、

「こちらは、小網町《こあみちょう》にある相模屋《さがみ》の番頭の鎌次郎さんというお人です。相模屋さんは、扇を扱っている店で、以前からの知り合いなのですよ」

太吉の言葉に、鎌次郎は真吾に頭を下げた。

真吾は、挨拶を返すと、遠慮してその場を離れようとしたが、

「志垣さんにも聞いてもらってもいいですかな」

「は、それはもう」

鎌次郎が快諾したので、真吾も離れる理由がなくなった。

太吉は元は用心棒だったので、なにかことがあるまでは実に暇なことが分かっているのである。真吾に対する心遣いだった。

鎌次郎は、二人を前に、相談事について語りだした。

相模屋の総領息子で、十七歳になる修太郎《しゅうたろう》が、このところ鬱々《うつうつ》としている。心ここにあらずといった様子で、ぼーっとしていて仕事に身が入っていないようだし、食欲もなく、鎌次郎の目には日増しにやつれていくように見えた。

　鎌次郎が修太郎に、なにか悩みごとがあるのではと訊くと、互いに想い合っている娘との仲を、親に反対されているのだという。

「なんで、ご主人は反対されるのですか」

　鎌次郎が訊くと、

「それをいうと、鎌《かま》さんも反対するだろうな」

　修太郎は、弱々しく笑った。

「そんなことはありませんよ。なぜ、わたくしが若旦那のいい人のことで、反対するとお思いなのです」

「そりゃあ、相手がお絹《きぬ》さんだからだよ」

「ほら、吉野《よしの》屋のお嬢さんだよ」

「お絹さん……」

「げっ……そ、それは」

「ほうら、お前だって、そりゃようござんしたなんていえないだろう」

「そ、それは……」

　鎌次郎はなにもいえずに黙ってしまったのだという。

「吉野屋という店の娘だと、なぜいけないのだ」

当然の問いかけを真吾がすると、

「実は、わたくしども相模屋と白粉屋の吉野屋は、同じ町内で、しかもあいだに三軒の店があるだけで、たいそう近くにあるのですが、ずいぶんと前から……何代前なのか定かでないくらいに昔から犬猿の仲なのです。その原因は、いまとなってはまったく分からないのですが、道で会っても挨拶もせず、互いに顔をそむけあっておりますし、なにかと張り合うのです。わたくしたち奉公人もいがみ合って、ときには喧嘩になることもあります」

「修太郎さんとお絹さんは、それを知っていながら恋仲になってしまったのですか」

太吉の問いに、

「二人は、お互いのことは知っていましたが、間近で見たことがなかったのです。ですから、八幡《はちまん》さまのお祭りにいった際に、お絹さんの鼻緒が切れて、たまたまそれを直した若旦那は、吉野屋の娘だとは気づきませんでした。それはお絹さんも同じことでした。お絹さんは、ついてきた女中とはぐれてしまっていて、心細い様子なので、若旦那は放っておけずに、話し相手になったのだそうです。すると、話しているうちに、二人のあいだにほんのりと……その、なんといいましょうか、その……」

「懸想《けそう》し合っちまったってわけですな」

太吉の言葉に、

「平たくいえばそうです。若旦那は、どこに住んでいるとか、どんな家にいるとかを訊くのは、なんだか野暮《やぼ》に思えて、なにも訊かなかったし、いわなかったと仰《おっしゃ》ってました。それがそもそもの間違いだったのだと思います」

「そうですかな……初めから知っていたとしても、同じことなんじゃないかと思いますがね。かえって、のぼせるのが早かったかもしれませんな」

「そ、そうかもしれません。というのも、お互いのことが分かったときに、それまでよりも二人の気持ちがたかぶってしまい、もう絶対に別れられないという強い想いにとらわれてしまったようなのです」

「そのことを、修太郎さんは思い切って親にいい、二人の仲を認めてもらおうと思ったところ、逆に激怒されたという顛末ですな」

太吉の言葉に、鎌次郎はうなずき、

「あんなに落ちこんだ若旦那を見るのは初めてなのです。どうにも、気がかりで気がかりで……そんなときに、悪い奴に若旦那は会ってしまわれたのです」

眉間に深い皺《しわ》を寄せた。

「悪い奴とは」

太吉が訊くと、

「占い師の鳳仙《ほうせん》という奴です。広小路で占っている人なんですがね、この人が、若旦那にとんでもないことを吹きこんだようなのです」

「とんでもないこととは」

「どうしても相手と結ばれることがかなわないなら、死んだあとに結ばれるだろうというのですよ」

「そ、それは、心中しろってことですかい」

「はっきりと、そうしろとはいわなかったようですが」

「だが、生きているうちは、一緒にはなれないというのでしょう」

太吉がいうのへ、

「そうなのです。ですから、若旦那は心中しようと思うと……誰かにいいたかったのか、わたくしにだけ話してくださいました。歳が近く、ずっと兄のように慕《した》ってくださいましたから」

「もちろん、とめたのだな」

真吾の言葉に、

「そうです。必死になって、死んだらおしまいだと、死んでも一緒になるどころか閻《えん》魔《ま》さまに罰を受けるとか、もし失敗したら、お上に裁かれるとか、思いつくかぎりのことをいっておとめしようとしたのですが、若旦那は、弱々しく笑って、分かった分かったというばかりで……本当は、なにも分かってはいないと思うのです」

だから、いつ人目を忍んでお絹と心中をするか心配でしかたがなく、

「こうしているうちにも、なにをされるか……今夜は、寄り合いに出てお酒を呑んだので酔って眠ってらっしゃいますから安心なのです。それで、いましかないと、太吉さんに相談にまいった次第です」

「ふうむ……その鳳仙という占い師が心中をそそのかすようなことをなぜいうのか、それを知りたいものです。そして、人心を惑《まど》わしていることを、読売で厳しく糾弾せねばなりません。だが、それよりも前にしなくてはならないのは、修太郎さんを思い止まらせることです。鎌次郎さんも、それが気がかりでここにやってこられたのだから、さて、どのようにすればよいのか」

そこで、太吉は真吾を見て、

「なにか、よい思案はありませんかね」

「え……いや、そのようなことには、まことにうといもので」

真吾は、困った顔でいったが、

「あ、ひとつ思いついた」

「ほう、なんです」

「ぜひ、お聞かせください」

太吉も鎌次郎も身を乗り出した。

「ほかの占い師に、ぜったいに心中などしてはいけない、いつか必ず二人は一緒になることが出来るであろうといわせるのですよ」

どうだといわんばかりに、真吾は二人を見た。

「なるほど。占い師にいい含めるわけですか。嘘も方便というやつですな。そういわせるために金をやってもよい」

太吉は、うなずいているが、

「ですが、若旦那は鳳仙の占いを信じきっています。ほかの占い師が違ったことをいっても、果たして信じてくれるかどうか」

鎌次郎は、修太郎は、以前に鳳仙に占ってもらったときに、子どものころの出来ごとや、食べ物の好き嫌いなど、ぴたりと当てられたので、すっかり信じるようになったのだといい、

「それに、新しい占い師にいずれは一緒になれるといわれても、いまの両家を見れ

ば、そういう望みは万が一にもありませんから、信じる余地がないのです」

「鳳仙は、ひそかに修太郎さんのことを調べておいたのでしょうな。ほかの占い師を当面信じてくれれば、そのうち、熱が冷めると思うのですが。その当面も信じてくれないとなると、どうにもしようがありませんな」

太吉は、腕を組んでうなった。そして、

「いまのところ、修太郎さんが思い切ったことをしないか気をつけているほかはなさそうですな。始終見張っているわけにはいきませんか」

「わたくしが始終気にかけていようと思いましたが、仕事がありますので、なかなか……それに外に出かけられたら、目が届きません。店のほかの者には、事情を詳しくはいえませんし……事件があったわけでもないのに、岡っ引きの旦那に頼むわけにもいかず、ほとほと困り果てているのです」

鎌次郎は肩を落とした。

しばらく、重い沈黙が座に満ちたが、太吉が組んだ腕をほどいて、

「とりあえず、わたしは鳳仙という占い師のことを調べてみましょう。いい加減なことをいいつのって金を儲けている奴に違いありません。なぜなら、死んで一緒になれるなどという占いは、占いではないからです。あくまでも現《うつ》し世での見通しを示すの

が占い師というものでしょう。違いますかな」

太吉の言葉に、真吾も鎌次郎もうなずいた。

「それから、修太郎さんを見張らなければなりません。鳳仙の調べが終わったら、わたしがやりましょう。それまでのあいだですが……」

太吉は、真吾を見た。

「え……俺ですか」

「そうです。やってもらえませんか」

「用心棒の仕事はどうします。しかも、俺に上手く出来るのかどうか」

「いまのところなにかしてくるとしたら増井堂くらいですが、たいしたことはしてこないでしょう。それよりも、二人の命のほうが心配です。志垣さんには、剣術の心得があります。身を周囲に溶けこませて、相手に気取られぬように見張ることができるでしょう」

「ふうむ……」

そういわれても、それができるかどうか分からない。

だが、人ひとり、いや心中だから二人の命がかかっていることだ。

真吾は、とにかくやってみようと思った。

十二

相模屋の斜《はす》向かいに、蕎麦屋があった。その蕎麦屋の二階が空いているので、鎌次郎が金を出して毎夜借りるから、使ってくれという。

蕎麦屋の夫婦には、それとなく事情を話してある。昔から住んでいる夫婦なので、相模屋と吉野屋のこともよく知っており、鎌次郎の心配も分かってくれるそうだ。

そこからなら、夜のあいだは見張りができる。

真吾は、鎌次郎がきた翌日の夜から、蕎麦屋の二階で相模屋を見張ることにした。蕎麦屋の夫婦に挨拶をして、二階に上がり、窓の隙間から相模屋の出入りを見ていたのである。

勝手口は裏手にあるが、路地が丁度、蕎麦屋の二階の窓から見られる位置にあり、向こう側へ歩き去ってしまっても分かるようになっていた。

もし、修太郎がひとりで相模屋を抜け出せば、真吾はつけていくことにした。

一日目の夜。

細かな雨の降っている中、真吾は、目を皿のようにして、相模屋を見ていた。奉公人たちが湯屋へいくころから、ずっとである。そして、なにごともなく、東の空が白んだ。

二日目の夜。

この日も雨が降っていた。少し寒さを覚えるほどで、梅雨寒《つゆざむ》というのだろう。

真吾は、目をそらすことなく、蕎麦屋の二階の窓の隙間から、相模屋を見ていた。昨夜より遅く、五つ（午後八時ごろ）からである。あまり早くから見張っていても、修太郎がこっそりと抜け出すはずがないと思ったのだ。

主人が寄り合いから帰ってきたのを見たが、修太郎は一緒ではなかった。修太郎は、この夜もおとなしく出かけなかった。

そして三日目の夜。

夕刻まで降っていた雨はやんでおり、昨日ほどの寒さはない。

真吾は、昼寝をして夜に起きている暮らしに、少し疲れてきた。目を凝《こ》らすのが辛くて、ぼんやりと見ていた。

夜が更け、五つ半（午後九時ごろ）をまわり、往来に人けがなくなったころ、相模屋の勝手口から脇の路地に出てきた人影があった。

（おっ……）

途端に、真吾の目つきが変わる。

人影は、こちら側の通りに歩いてきた。

すでに、修太郎の人相風体は、二日前の昼にたしかめてある。出てきた人影は、修太郎に間違いなかった。

修太郎は、お絹のいる吉野屋とは反対のほうへと歩いていく。

お絹と示し合わせて出てきたのなら、お絹のいる店のほうへいくと思っていたのだが、それは外れた。

充分にあいだをとって、真吾は夜の往来へと忍びでた。

月は満月で、あたりを照らしている。真吾はなるべく建ち並ぶ店の庇《ひさし》の陰に入りこむようにして歩いた。

修太郎は、脇目も振らず、なにかにせき立てられるかのように歩いていく。

やがて江戸橋を渡り、楓川沿い《もみじがわ》の道に出た。

冴え冴えとした月は、楓川の川面《かわも》にゆらゆらと光を反射させている。

修太郎は、楓川に沿って歩きつづけている。

すると、一本の松の木の陰から、すっと出てきた影があった。

明らかに娘の影だ。

（お絹か……）
先にお絹が吉野屋を忍びでて、待っていたようである。
前方の二つの人影に向かって、真吾は距離を詰めようと急ぎ足になった。
しばらく、川に沿って二人は寄り添って歩いていたが……。
二人は、もつれあうようにして、川岸の土手を下った。
動きが急だったので、真吾は狼狽《ろうばい》した。
「いけない」
真吾は思わず声に出すと、前方に向かって駆けだした。
二人は、土手の端に近づいていく。
「やめるんだ、おい」
真吾は、今度は大声で叫んだ。
すると、二人は、動きをとめた。
向かってくる真吾を見て、二人が顔を見合わせた。
そして、さらに急ぎ足になる。
真吾は二人に向かって全速力で走った。
ふと二人の先の木陰に、人がいるような気がした。

(誰だろう)

気は急《せ》いているが、なぜそんなところでじっとしているのかが気になる。

そうしているうちに、二人は川岸に達し、お互いの片手をくっつけて縛《しば》っている。

川に落ちても離ればなれにならないためだろう。

「おい、やめろやめろ」

真吾は大声でさけんだ。

そのとき、いきなりあたりが暗くなった。

月に雲がかかったようだ。

前方で水の音がした。飛びこんだ音だ。

(間に合わなかった)

なぜもっと距離を詰めておかなかったか、真吾は悔やんだが、それもほんの束《つか》の間のことだ。

真吾は、二人が飛びこんだあたりだと見当をつけると、腰の刀を投げ捨て、真っ暗な中、川に向かって飛びこんでいった。

泳ぎはできるが得意というわけではない。だが、なんとしても助けたいという気持ちで飛びこんだのである。

（どこだ、どこにいる）

無我夢中で両手を伸ばすと、右手の指がなにかに触れた。

さらに手を伸ばすと、人の身体だ。

修太郎とお絹が、もがいて苦しんでいるようなのが気配で分かる。

近づいてきた真吾のせいで、焦って飛びこんだから、石のような重しを身につけていない。

泳げないから溺《おぼ》れてはいるが、沈んではいかないようだ。それが幸いした。

このとき、真吾は自分でも信じられないような怪力を出した。

修太郎の帯をつかむと、ぐいぐいと川岸に向かって泳いだのである。

二人は、片手を結び合っているので、お絹もくっついてくる。

なんとか川岸に達すると、二人を引っ張り上げた。

水の中を引っ張るのは、比較的楽だったが、引っ張り上げるのは相当に骨が折れた。いきなり身体中に重りがつけられたかのような気がした。

二人を川岸に横向きにすると、手を縛った紐をほどき、まずお絹の背中をたたいた。

咳きこんで水を吐き出すのをたしかめ、すぐに修太郎の背をたたく。

修太郎にも水を吐かせると、真吾は身体から力が抜けてしまい、その場にへたりこんだ。

川に飛びこんでから、ほんの数瞬のことのように思ったが、実際はかなり経っており、下流に流されていたようだ。

ほんのかすかだが、真吾の耳に男の声が聞こえた。

「助けに飛びこんだ野郎も、二人と一緒にお陀仏《だぶつ》になったろうぜ」

「面白いものが書けそうだな」

たしかにこのような会話だった。さらに耳を澄ましていたのだが、もうなにも聞こえてこなかった。

やがて、月を遮《さえぎ》っていた雲が流れ、光が差してきた。

修太郎とお絹がまた飛びこみはしないかと、真吾は気になったが、二人はぐったりとして、その元気はなさそうだった。

真吾は、二人を励《はげ》まして立たせると、千里堂へ向かった。

途中、投げ捨てた刀を拾って腰に差した。

自身番屋に二人を連れていっては、ことが大きくなる。心中未遂となると、お上にきつく裁かれることになるだろう。それを避けたかったのである。

梅雨寒の肌寒い中、水に濡れた身体のまま歩くのはきつかった。

なんとか千里堂にたどり着いたときには、身体が芯《しん》から冷えて凍《こご》えそうだった。

修太郎もお絹も、なにを考えているのか分からないが、青い顔でぶるぶると震えている。

真吾は、千里堂へいく道すがら、二人にいろいろと話しかけたのだが、二人は、まったく返事をしなかった。

自分たちが心中をし損なったことで、この先、どうなるのか呆然としているのだろうか……。

太吉は、水に濡れた真吾たちを見て、すぐに着替えさせた。もっとも、お絹に着せるものなどないので、太吉の男もので我慢させることにした。

真吾自身も乾いた布で身体を拭き、着替えると、やっと人心地がついた。てっきり風邪をひいたかと思ったのだが、気を張っていたせいか、その兆候はない。

真吾は、二人を助けたあとに、河原で聞いた声のことを太吉に話した。

「ふうむ、わたしの調べたことと符丁《ふちょう》が合いますな」

といって、太吉は眉をひそめた。

「それは、どういう……」

「あとで教えます。その前に、修太郎さん、お絹さん」

名前を呼ばれて、うなだれていた二人は緩慢な動作で顔を上げた。

「どうやら、気が抜けて元に戻らないようだが、あんたがたは命拾いをしたのですよ。もし、志垣さんが助けなかったら、取り返しのつかないことになっていました。二人は、水ぶくれでぶよぶよの二目と見られない土左衛門《どざえもん》となって、川に浮いていたところだったんですよ」

「で、でも、あの世で……」

修太郎が、弱々しいが、それでも抗弁しようとする。

「ははは、そんな戯れごとを。死んだら、あの世があるかどうかなんて、誰も知らないことですよ」

「そんなことはありません。あの世はあります」

「ほう。占い師の鳳仙に吹きこまれたのですかな」

「なぜ、鳳仙さんのことを」

「あんたがたのことを心配した番頭の鎌次郎さんが、鳳仙のことを教えてくれたんですよ。それでね、わたしは、鳳仙のことを調べてみた。すると、とんでもないことが分かってきたのです」

「なんですか」

修太郎は訊くには訊いたが、さほど強い関心があるようではない。お絹はさらになさそうで、ぼんやりと太吉を見ている。

「そもそも、占いというものは、この世で如何《いか》に生きていくべきかを教えてくれるものです。あの世でなどというのは、そもそも占いではありません。鳳仙が、そのようなことをいったのには、ほかに理由があるからでしょう」

「どのような理由ですか」

修太郎の問いに、太吉は顔をしかめた。

十三

「占い師の鳳仙は、読売屋の萬福屋に金をつかまされて、あんたがたに心中をそそのかしたのですよ」

太吉の言葉に、修太郎もお絹も虚《うつ》ろな表情で、なにをいわれているのか分からないようだった。

（な、なんと……）

驚いたのは真吾だ。

「さきほど、河原で聞いた声と符丁が合うといったのは……」

「ええ、おそらく河原で二人の心中を見ていたのは、萬福屋の連中ではないでしょうか。見届けてからでないと読売には書けませんから」

太吉の言葉に、

「なんというひどい奴らだ」

カッとなった真吾は、刀を持って立ち上がった。

「ちょ、ちょっと待ってください。どうするつもりなんです」

太吉があわてていうのへ、

「怒鳴りこんでやります。場合によっては、目にものを見せてやる」

「よしてください。そんなことをしても、なんの益《えき》にもなりません。ともかく、落ち着いてくれませんか」

太吉にいわれているうちに、真吾の怒りが少し鎮まった。

真吾は太吉にいわれると、なぜか落ち着いてくる。太吉の人柄ゆえだろうか……。

刀を置いて座り直したが、まだ顔は真っ赤だ。

「志垣さんは、激しやすいところがありますね」

「性分だからしかたがありません」

　真吾は、憤然としたままいった。

　太吉は真吾を見てふっと笑った。

「笑うことはないじゃないですか」

「いや、失敬」

　二人のやりとりを見て、呆気にとられた顔の修太郎は、
おずおずと訊く。

「あの……いいですか」

「あ、どうぞ」

　太吉にうながされ、

「その読売屋のことなのですが、わたしたちの心中を読売に書いて、なんの得がある
というのです」

「まず、心中をあつかった読売は売れるのです。それも、身分違いだったり、親が反
対していたり……あんたがたのように、先祖の因縁《いんねん》から一緒になれない話などという
のは、人々が読んでみたいものなのですよ」

「そんなものなのですか」

修太郎の言葉に、お絹の溜め息がつづいた。

「だが、ひょっとすると、読売は出さないかもしれませんな」

「それはまたどういう」

「二人の親御さんたちに、このことを読売に書かない代わりに、金を出せというつもりなのかもしれません」

太吉がいうと、修太郎とお絹は、愕然とした表情で顔を見合わせた。

「むむっ、なんという非道な」

また、刀を持って立ち上がりそうになった真吾は、ぐっと堪《こら》える。

「わ、わたしたちは、これからどうすれば……」

「家に帰るほかはないのでしょうか」

修太郎とお絹が口々にいうのへ、

「なにごともなかったかのように帰れば、萬福屋もあてが外れて、いい気味なのですがね」

「それでは、同じことです。わたしたちは、結局別れなければならないのでしょうか。それは絶対に嫌です」

「やはり死んであの世で」

「また莫迦なことをいいだして……。もっと、この世で一緒になることを思案しなくてはいけませんよ」

太吉は、顔をしかめていう。

「ですが、どうすればよいのか分からないから……」

「わたしの親も、修太郎さんの親も……どちらも父なのですが、たいそう頑固で、なにをいっても聞き入れてくれないのです」

「あんたがたふたりも、もう駄目だと凝り固まっているように見受けられますがね。どう思います、志垣さん」

いきなり太吉にふられて、真吾はどぎまぎしたが、

「もう少し熟慮したほうがよいと思うが……」

と、当たり障《さわ》りのない応えをした。

あれだけカッとなって怒鳴りこもうとしたくらいだから、二人に熟慮しろなどという資格はなさそうだったが。

「ですが、わたしを早く片づけようと、縁談が持ち上がっているのです」

お絹がいえば、修太郎も、

「わたしのほうもです」

二人の言葉に、太吉と真吾は目を見合わせた。

「さて、どうするか……思案してみましょう」

太吉の言葉に力強さがあった。

「なにかきっとよい方法があるだろう」

真吾は、太吉の言葉につられるようにいった。


そのころ、萬福屋では……。

「それで、お前らは、たしかに修太郎とお絹が死んだことをたしかめたんだな」

武兵衛は、楓川の河原から帰ってきた二人の男に訊いた。

「へえ。二人が手をくっつけて縛ってから楓川に飛びこむのを見やした」

「死んだに違いありやせん」

二人の言葉に、

「たしかめたのかどうかと訊いているんだ」

武兵衛は物足りない様子だ。

「それが、月に雲がかかって真っ暗になりやがって……」

「もがいて苦しんでいる声が聞こえやした」

「嘘じゃあないだろうな」

武兵衛がにらむので、二人は、うなずいた。

そのうなずきかたが、どうにもおどおどしている。

「おい、お前ら、なにかいい残したことでもあるんじゃねえのか」

武兵衛にさらににらまれ、

「じ、実は……」

飛びこむ二人をとめようとした浪人者が、二人のあとを追って飛びこんだことを、ひとりが話した。

「なんだと。そいつが、二人を助けたかもしれねえじゃねえか」

気色ばむ武兵衛に、

「いやあ、とても無理だと思いやす。あんなに暗くなっちまったら、川の中で二人を見つけるのもひと苦労だし、もし二人に手が届いたとしても、片手をくっつけて縛っていた二人を川岸まで引っ張っていくなんて無理でやすよ。河童《かっぱ》ならまだしも」

もうひとりがいうと、

「莫迦野郎。そんなことは分からねえじゃねえか。はっきりと二人が死んだとたしかめなくちゃあ、読売に書けねえんだよ。もし書いて売ったあとに、二人がひょっこり現れてみろ。こちとらの信用はがた落ちだ」

武兵衛は憤懣やるかたないといった表情で、

「今夜はせっかくの満月なのに、雲が多いようだからな、これからといいたいところだが、明日の一番鶏《いちばんどり》が鳴くころには、もう一度楓川から下のほうまで見てまわって、二人の土左衛門が上がったかどうかたしかめてこい。二人の身許が分かったころには、読売を売らなくちゃならねえ。分かったか」

武兵衛の激しい言葉に、

「へえっ」

二人は、形だけでも威勢よく応えた。

武兵衛に、両家の親を脅して金をとるという考えはないようだった。

萬福屋という読売屋を大きくして、江戸の町に萬福屋ありと評判になりたい気持ちのほうが強いようである。

翌朝早く、萬福屋の二人は、楓川へ出向くと、修太郎とお絹が飛びこんだあたりから、川下へと見てまわった。

昨日は降っていなかった雨が、この日は降っている。

川端のぬかるんだところを歩かねばならず、二人は足を泥だらけにしている。

どこかの杭《くい》にでもひっかかっていないかと目を凝らしていたが、なにもない。

八丁堀《はっちょうぼり》を経て、大川《おおかわ》へ流れ出るところまでやってきた。

「この先まで流れちまったんじゃねえのか」

「そうだな。どこかで見つかればいいんだが、海に出ていっちまったら、魚の餌《えさ》になっちまうよな」

二人は顔を見合わせて、武兵衛にどう報告しようか迷っていた。

一方、武兵衛はというと、ほかの者たちに、相模屋と吉野屋の様子を探ってこいと命じていた。

修太郎とお絹が心中を成し遂げたのなら、店では……とくに吉野屋では、娘のお絹がいないことで、大騒ぎになるはずだ。

萬福屋の手の者たちが、吉野屋をうかがっていると、お絹の姿がないことで、騒ぎになっていることが一目瞭然だった。なにせ、主人の怒鳴り声がして店中がざわつき、いつになっても表戸が開かないのだ。

相模屋は、修太郎が男のせいか、どこかへ夜遊びにいったまま帰ってこないのだろうと、さほどの騒ぎにはならずに、店はいつものように開いた。

「吉野屋のお絹なんぞにうつつを抜かさずに、吉原か岡場所などで遊んでいたほうがどんなにましか。だから、昼に帰っても怒ることはないぞ」

などと、主人の勘左衛門《かんざえもん》は、女房のお松《まつ》にいっていた。

吉野屋の主人藤一郎《とういちろう》は、勘左衛門ほどの余裕はなかった。

お絹のおつきの女中に、お絹の持ち物を調べさせた。

すると、螺鈿《らでん》細工をほどこした文箱《ふばこ》の中から、お絹の置き手紙が出てきたのである。そこには、

「修太郎さんとこの世で添うことができないので、あの世で添い遂げることにいたします。お父さま、お母さまは、たいそうお悲しみになることでしょうが、私の夫になる人は修太郎さんしかいないのです。これまで、本当にお世話になりました」

と書いてあった。

藤一郎は仰天《ぎょうてん》したが、ともかく店の者総出でお絹を捜させた。

こうなると、険悪な仲だからといって、相模屋を無視はできない。

番頭を相模屋に走らせ、修太郎は店にいるのかどうかをたしかめさせた。

相模屋では、なぜそのようなことを訊くのかと、最初はけんもほろろだったが、お

絹の置き手紙のことを知るに及んで、こちらもあわてだした。

勘左衛門は修太郎の部屋に入ると、置き手紙がないかどうか探した。すると、文机の文鎮の下に折り畳んだ紙があった。

開いてみると、お絹のものと同様、心中をほのめかす内容だった。

相模屋も店を急仕舞いすると、修太郎を捜しに店の者たちが四方に散った。

土地の岡っ引きの卓蔵《たくぞう》も呼ばれて、二人を捜すことを頼まれた。

店の外で様子をうかがっていた萬福屋の者たちは、吉野屋から出てきた女中をつかまえて鼻薬をかがせた。

女中は、お絹が心中をほのめかす手紙を残して姿を消したことを喋った。

「こいつは、もう間違いねえぜ。帰ってこねえところをみると、道行《みちゆき》は成し遂げられて、ほどなく土左衛門となってどこかにひっかかって見つかるって寸法だな」

「うむ。だが、そのまま海に流れてしまえば、見つからねえぜ」

「まあ、どっちでもいいや。親方に、読売にしていいっていいにいこうぜ」

萬福屋の連中は、満足げな顔で、その場を立ち去ったのである。

だが、その報告を聞いても、武兵衛は満足しなかった。

「このままでも読売は書けるが、やはり二人の骸《なきがら》が出てこなくっちゃなあ」

死体が出たほうが、心中がたしかなものになり、読売も売れるというのだ。

武兵衛は、絵師に命じて、二人の道行の姿を描かせ、それに文章を入れたものを、三枚の板に彫らせていた。

摺師は三人いるので、無駄なく仕事ができるというものだ。

文章を入れた箇所には、少し空きを作ってある。二人の死体が見つかったときに、そのことをつけ加えるためだ。

「骸は、まだ見つからねえのか」

武兵衛はじりじりして、死体を見つけるために楓川からその先へと探しにいかせることにした。

そして、夕刻になり、武兵衛にとって朗報が飛びこんできた。

楓川は八丁堀につながっているが、その八丁堀から大川に出たばかりのところで、杭に若い男女の死体がひっかかっていたというのである。

葦《あし》が生い茂っており、見つかりにくい場所だったので、萬福屋の手の者たちは、早朝に探したとき、見過ごしてしまっていたようだ。

死体はすでに引き上げられて自身番屋に置かれており、まだ身許は割れていないという。

武兵衛は、これはもう間違いないと踏んだ。顔を知っている者に、たしかめさせたいところだが、朝にたくさん読売を売るには、すぐに空いたところを埋めて、夜っぴて摺らなければならない。

「そうそう心中があるわけがない。しかも、楓川を流れていけば、八丁堀を通ることになる。その端っこでひっかかったんだから、修太郎とお絹に違いねえ」

武兵衛は、早速、空いた箇所に、二人の死体が上がったむねを書き添え、彫師にまわした。

その夜、百匁《ひやくめ》蠟燭《ろうそく》を灯した巨大な龕灯《がんどう》に照らされて、三人の摺師が黙々と読売を摺っていく光景を見ながら、武兵衛は、

(明日は売りに売るぞ。この萬福屋が、江戸で一番の読売屋になるきっかけにしてやるぜ!)

嬉々《きき》とした表情を浮かべていた。

十四

翌日早朝から、萬福屋の読売は、十数人の売子によって、江戸の町々で売られた。

運よく、昨日の雨が嘘のように快晴で、道行く人の数も多い。

「楓川で心中だ。しかも、日本橋で犬猿の仲と名高い大店の総領息子と愛娘のかなわぬ恋の道行だ」

売子は、声をからして、煽情的《せんじょう》な文句をいいつのる。

たちまちのうちに黒山の人だかりができて、萬福屋の読売は飛ぶように売れた。

そして、昼を待たずして、夜っぴて摺った読売は、すべて売り切れてしまったのである。

昼前には、相模屋と吉野屋の主人は、萬福屋の読売を手にしていた。

売子から買い求めた出入りの者たちが、我先にと持ってきたのである。

早速、相模屋と吉野屋は、店の手代をひとりずつ、心中死体が安置されている自身番屋へと走らせた。

息せききって駆けつけた相模屋と吉野屋の手代たちは、おそるおそる死体にかぶせられた菰《こも》をめくって顔を見た。

水に入っていたせいで、青ぶくれにむくんでいる若い男女の顔を見る。

「修太郎さん……なのかな」

「お嬢さん……？」

二人とも、すぐには判断がつかなかったが、

「いや、違いますな。これは、若旦那ではありません。こんなに背が大きくはないし、顔はこんなにいかつくありません」

「お絹お嬢さんにしては、いくらむくんでいるといっても唇が分厚すぎるし、顎《あご》もこんなに張ってないです」

ようやく、人違いだと気づいて、ひとまず安堵した。

「ほう。でも、読売には、たしかに相模屋さんの子息に、吉野屋さんのお嬢さんだと書いてありましたが」

自身番屋に詰めていた町役人も、萬福屋の読売を読んでいた。

「いや、それはとんだ間違いですよ。そういや、店にきてたしかめもしてねえ。とんだ食わせ者の読売屋だ」

「いい加減なことを書きやがる。もう萬福屋の読売なんか買うものか」

相模屋と吉野屋の手代は、日ごろの反目もどこへやら、一緒になって萬福屋を批難した。

二人の手代の報告で、相模屋と吉野屋はとりあえず安心した。

だが、萬福屋の読売に書いてあったことは、間違いだと分かったが、依然として二

人の行方は分からない。どこかほかで心中しているかもしれなかった。

心中死体が修太郎とお絹のものではなかったことが分かった、その夜。

相模屋と吉野屋に、それぞれ文が届いた。

どちらも、たまたま外に出た女中に、編笠をかぶった武士が、

「これを店の主人に渡されたい」

といって、畳紙を渡したのである。

その文には、二人で心中しようと店を出て、川に飛びこんだのだが、偶然にも助けられて命を失わずにいると書いてあった。

さらに、もう命を捨てることはやめ、二人ともに仏門に入るから、捜さないでもらいたいとつづいていた。

これには、勘左衛門も藤一郎も、子どもが生きていることを喜びはしたが、仏門に入るという下りで狼狽した。

「なんとか、連れ戻すことはできないものだろうか」

悶々《もんもん》として、その夜を過ごすことになったのである。

翌朝、今度は千里堂の読売が売り出された。

昨日は快晴だったが、またどんより曇っていまにも雨が降りそうだった。

「一昨日心中したと思われた大店の若旦那と娘さんは、無事に生きてるよ。なぜ、こんなことになったのか、その顚末が書いてありますぜ」

売子の口上に、

「なんだよ、昨日の読売は間違ってたのかよ」

足をとめる者が買うかどうしようか迷っている。

「千里堂の読売は、いい加減なことを書きませんよお」

売子の応えに、

「千里堂なら、信じられるんじゃねえか」

ほかの男が呼応する。

「そうだな。萬福屋なんかより地味だが、たしかなことが書いてあるぜ」

「一枚くれ」

どこでも、このようなやりとりがあったりなかったりしたが、千里堂の読売は売れゆきがよかった。

そして、曇った空にも光が差し始めている。

両国西広小路の一角で、読売が売れていくのを、眠っていないせいか、しょぼついた目で見ていた真吾が、

「もっと摺りたかったなあ」

横にいる太吉にいった。

夜を徹して太吉たち千里堂の面々は読売を作ったのだが、真吾も手伝った。

「精一杯やりましたよ。これ以上は無理です。人を増やす余裕はありませんから」

太吉も、疲れた顔をしている。

読売の売れゆきが気になる太吉は、若くて元気な真吾をともなって、両国西広小路へやってきたのである。

手伝わずに朝方やってきた迷助も一緒だ。

「それにしても、偶然にも心中があって、その身許も分かったのは、こういっちゃあなんですが、千里堂は運がいいですねえ」

迷助の言葉に、

「罰当たりなことをいうな……だがまあ、そのとおりか」

太吉は苦笑いした。

本当に心中の死体が上がったのは、どうにも後味が悪い。だが、そのおかげで、萬福屋は、間違ったことが書いてある読売を大々的に売ってしまったのである。

「どうせなら、萬福屋が心中をそそのかしたことまで、こと細かに書いたほうがよかったんじゃないんですかねえ」

迷助が残念そうにいうのへ、

「つぎの読売に、萬福屋のあくどい手口を書いたらどうでしょう」

真吾がつづける。

「同じ読売屋ですからね。これに懲《こ》りてくれればよいのだが……あまり追い詰めてしまうと、泥仕合になるかもしれません。そんなことはしたくないのですよ」

太吉は、同じ読売屋として、あまり責めたくはないようだ。

「ところで、そろそろ相模屋と吉野屋がやってきますぜ。千里堂の読売を、両方の店の者たちが手に入れて、主人に見せたはずですよ」

迷助の言葉に、

「うむ、そうだな。戻るとするか」

太吉は応えると、歩きだした。真吾と迷助があとにつづく。

真吾は歩きながら、萬福屋の読売でこうむったことを思い出していた。

（俺は、なぜあのような嘘を書かれたのか……分からず仕舞いなのか）

わけを知ろうと思っても、どうやって知るのか、その術《すべ》が分からない。どうにも気になるが、いまとなっては、忘れたほうがよいのだろうなと自分にいい聞かせた。

ただ、もし萬福屋とかかわって、直に武兵衛や、あの読売を書いた者に会うことがあれば、そのときに追及してみようと思った。

千里堂に戻ってみると、すでに相模屋と吉野屋の番頭が揃《そろ》って待っていた。

お秋がきていて、二人に茶と持ってきた菓子を出して、寸の間をつないでくれていた。

読売には、二人は心中しようとまで思い詰めたが、寸前でやめて、いまはある寺に厄介《やっかい》になっているとあった。

心中をして助けられたというのは伏せてある。心中そのものが重罪だからで、お上に追及されるのをおそれた太吉のはからいだ。

「ど、どこに若旦那はいるんです。ご存じなんでしょう」

「お嬢さんの居場所を教えてください」

双方の番頭は、口々にいって太吉に迫った。

修太郎とお絹の文を、女中に手渡したのは真吾だったが、そのことは双方ともに知らない。だが、読売の記事で、知っていると思ってやってきたのである。

「そうはいわれましてもねえ。簡単に教えるわけにはいきませんな」

太吉は、済まなそうな顔をしていう。

「なぜです」

「そんな無体な」

「教えたらどうするんです。二人を連れ帰って、また引き離すのですか。それでは元の木阿弥《もくあみ》だ。二人の決死の覚悟がないがしろになってしまう。今度は厳しく閉じこめておこうとするのかもしれませんが、今度また抜けだしたら、本当に二人ともに死んでしまうでしょう」

太吉の言葉に、番頭たちは、顔を見合わせて困惑の体だ。

日ごろの反目は影をひそめている。

番頭たちは、それでもと粘ったが、太吉は首を縦に振らない。

しかたなしに番頭たちが帰ると、しばらくして、今度は双方の主人たちがあわてふためいて現れた。

お秋によって、つぎつぎに座敷に通されたが、お互いがいることを予期していたのか、驚きはしないが、顔を見ようともしない。

奉公人たちは、これまでのわだかまりも自然と解け始めていたようだが、主人たちは、そうはいかないようだ。

「あんたがたがそのようだから、二人は戻れないんですよ。ここはひとつ、先祖の因縁などというものを捨ててですね、仲直りしたら如何《いかが》でしょう」

太吉の言葉を聞いているのかいないのか、

「修太郎がどこにいるのか教えてくださらんか。金ならいくらでも出しましょう」

「お絹の居場所を教えていただいたら、千里堂さんへの援助を惜しみませんよ」

相模屋の勘左衛門と吉野屋の藤一郎は、張り合うようにいった。

「そんな態度では、教えるわけにはいきませんな。二人も納得しないだろうし。このまま寺で出家するといっているから、気の済むようにさせてあげるのがよいと思いますがね」

太吉はにべもなくいった。

「そ、そんな、うちの跡継ぎなのですよ、修太郎は」

勘左衛門は、青筋を立てた。

「そんなことは、わたしは知ったこっちゃない。修太郎さん自身が出家するといってるんですから」

「お、お絹には兄がいて、入婿をとる必要はないのだ。いまの縁談が意に染まないというのなら、破談にするとお伝えくださらんか」

藤一郎は、すがりつかんばかりだ。

「すると、修太郎さんと一緒にしてもよいと」

「い、いや、それは……」

藤一郎は困惑した顔で、ちらっと勘左衛門を見た。

勘左衛門は、渋《しぶ》っ面《つら》のままだ。

「とりあえず、二人で話し合ってみてはどうです。わたしはちょいと仕事がありますので、出かけてきます。戻ってくるまでに決めておいてください」

返事を待たずに、太吉は立ち上がると部屋を出ていった。

勘左衛門と藤一郎は、宙ぶらりんの状態で二人きりにさせられ、落ち着かない様子を露《あらわ》にしている。

太吉は、どこへいってしまったのか、一刻（約二時間）経っても戻ってくる様子がない。

しかも、家の中では鼾が聞こえてくるばかりで、人が起きて立ち働いている気配すらないのである。お秋もいつのまにか姿を消していた。

「遅いなあ」

勘左衛門がいらついた声でつぶやいた。

「…………」

藤一郎は無言だが、深い溜め息をつく。

そして、それから一刻……。

「くそっ」

勘左衛門は、立ち上がって、部屋の中をうろつき始めた。

「なあ、相模屋さん。わたしたちがいがみ合う理由を知ってるかい」

藤一郎がぽつりといった。

「理由……さあてな」

「きっかけはなんだったのだい」

「……そ、そんなことは知らんぞ。親父が、とにかく昔からのことで、お互いに許せない間柄だといっていたことは覚えているが」

「うちもそんなもんだよ」

「そうか」

勘左衛門は、座り直した。

二人は、それからぼそぼそとぎこちなくではあるが、会話を交わした。

生まれて初めてのことだった。それは、先代も先々代にもなかったことだろう。

真吾は、隣の部屋で息をひそめて様子をうかがっていた。

ほかの者にまかせて、二人で料理屋で待っていようと太吉にいわれたのだが、真吾は自分の耳で二人の和解をたしかめたかったのである。

真吾の横では、お秋も耳を澄ましている。

事態の成りゆきに、真吾に顔を向けて微笑んだ。

真吾も笑い返したが、あまりに近くにいるので落ち着かないことはなはだしい。

二人がずいぶんと打ち解けてきたことをたしかめると、

（これで安心だ。太吉さんに報せよう）

料理屋でときを潰している太吉の元へ、真吾は向かった。

すでに、辺りは暮れなずんでいた。

太吉ではなく、真吾が障子を開けて、

「俺は、太吉さんのところで厄介になっている志垣真吾という浪人だ。腹が減っただろうから、夕餉を用意した。食べてくれ」

といって、脇に置いてある重箱を部屋の中へ運びこんだ。

二人は、武家が給仕をしているので、目を丸くしている。

料理屋で作らせて、太吉と運んでおいたものだ。

真吾が先に入ったほうが驚くだろうと、真吾と太吉が、いたずら心を起こしたのである。お秋が出ると当たり前なので、姿は現さないままにした。

真吾のあとに、太吉が酒を持って入ってくると、

「いやいや、遅くなりました。さて、話し合いの結果はどうです」

このとき、すでに勘左衛門と藤一郎のわだかまりは、すっかり解けていた。

夕餉の席は、二人の手打ちというか、仲直りというか、先祖から連綿とつづいていたわけのわからないいがみ合いは終止符を打つことになったのである。

「長いあいだ……先祖代々、両家がいがみ合っていたのが嘘のようです」

藤一郎がいえば、

「いまとなっては、とんでもなく悪い夢を見ていたとしか思えませんな」

勘左衛門が応えて、二人は深くうなずき合っていた。

翌日には、修太郎とお絹が双方の店に戻ってきた。

二人は、太吉の知っている近くの寺に身をひそめていたのである。

晴れて修太郎とお絹は一緒になることを祝福された。

江戸の町は、相変わらずの梅雨空だったが、相模屋と吉野屋には、季節外れの春がやってきた。

第二話　人買い

一

千里堂では、太吉と遊亭迷助が読売を書いている。もっぱら柔らかいものは迷助で、太吉はこれぞと思ったものだけを書いているようだ。

柔らかいものとは、水茶屋の茶汲《く》み女や遊女の評判記や、巷《ちまた》の面白おかしい話の紹介である。

これぞというのは、悪徳商家のあくどい手口や、盗賊のことなどだ。

太吉は、武士だった若いころに、八丁堀の同心と手習い所で机を並べていたことがあったようで、いまでも付き合いがあるらしい。

なにか事件に遭遇したときには、この同心が力になってくれるようだ。

迷助は、近くの長屋から通ってくるが、ほかに絵師、彫師、摺《すり》師も、それぞれ通ってきている。

真吾は、皆に紹介され、心中事件の真相を報じた読売のときは、摺り終わった読売を整理する手伝いをしたのだが、そのときは話す余裕もないほどに忙しく、そのあとは、あまり顔を合わせることもなかった。

というのも、用心棒の部屋は一階だが、皆は二階にいるからである。

毎日決まった時間、仕事をすればこなせるので、さほど忙しくはなさそうだ。

仕事のないときは、二階で昼寝をしているか、将棋《しょうぎ》を指したり碁《ご》を打っているかで、夕刻には近くの居酒屋へ繰り出しているようだった。

真吾が酒を呑《の》めないことは、あらかじめいってあるので、居酒屋に誘われることはなかった。日中は一階にいるか、家の裏にある小さな空き地で素振りをしているかで、暇を持てあましていた。

「なにかせねば……」

真吾は、漠然とした不安を感じて苛立《いらだ》つことがあった。そして、なにをすべきなのか思案するのだが……。

「やはり、いまの俺には剣しかない」

素振りや型の稽古などに、さらに励《はげ》むことになった。

太吉がいれば、違っていたのかもしれないが、太吉は、このところ出ずっぱりで、夜中か朝方に帰ってきては、少し寝て、また出かけていくということをしていた。

「なにをしているのですか」

一度、出かけるときに出くわしたので訊いてみたのだが、

「ちょいと調べていることがあるんですよ。はっきりとしてきたら、手伝ってもらうかもしれません。それまでは、内緒です」

太吉は、にやっと笑っただけだった。

ほかに下働きをしている、おきよという五十歳くらいの下女が通ってきた。三度の食事のほか、掃除や洗濯をしてくれる働き者で、太ってはいるが、きびきびとよく動く気のよい女だ。

真吾が用心棒として住み着いてから十日が経った。

「おい、千里堂。誰か出てこい」

おきよの用意してくれた昼餉《ひるげ》を食べたあとに、部屋で茶を飲んでいると、外でとがった声がした。

声の不穏さに、自分の出番かと、真吾は刀を腰に差すと戸口の土間に降りた。

すると、

「なんだ、お前は」

さきほどのとがった声と同じ者が怒鳴《どな》った。

真吾が戸口を開けると、小雨が降っている中を、三人の男たちが戸口に背を向けている。その向こうで、男たちに対しているのは、傘を差した彫師の辰蔵《たつぞう》だった。

辰蔵は、六尺（約百八十二センチ）も背があり、身体もごつい。

越後の出身だといい、無口な三十男だ。顎が張り将棋の駒のような顔で、唇はぶ厚く、垂れたまぶたから覗《のぞ》く目は、黙っていると相当不気味だ。元は力士だったそうだが、なぜやめたのかは知らない。

「お、お前は誰だ」

三人のうちの、真ん中の男が訊いた。

「おいらは千里堂のもんだが、なんの用だ」

辰蔵は、低く太い声でぼそっといった。

「お、俺たちは、文句をいいに来たんだよ」

「どんな」

「広小路のおさよちゃんに袖《そで》にされた男とは俺のことよ。よ、よくも莫迦《ばか》にしてくれたな」

精一杯、強がっているが、辰蔵の巨体と面相に及び腰になっているのが、声の調子で分かった。

昨日出た千里堂の読売は、広小路のおさよという茶汲み女の評判記だったのだが、おさよに群がる男たちが袖にされる様子を面白おかしく迷助が書いたのである。

数人の男のことが書いてあったのだが、そのうちの誰なのか分からない。という
か、たいしたことではないのだが、自分のことを莫迦にされたと思いこんだ男が仲間
を連れて文句をいいにきたようだ。あるいは、それにかこつけて、いくらかの金をせ
びりにきたのかもしれない。

「帰れ」

辰蔵は、ひとことというとじっと男を見た。

「な、なんだよ、ひとこと謝ってもらいたいだけなんだがな」

男は、不平をいったが、最後のほうは声が小さくなっていった。辰蔵はただ見てい
るだけなのだが、にらまれていると感じているようだ。

「お、おい、帰ろうぜ」

ほかの男が袖を引っ張るので、

「ちっ、分かったよ。おい、いい加減なことを書くんじゃねえぞ」

なんとか捨てぜりふを残すと、三人の男は、あたふたと立ち去っていった。

辰蔵はにこりともせずに、戸口に向かって歩いてきた。

「たいしたものだ。俺の出番がなかったな」

真吾は、辰蔵が通る隙間を開けた。

おうとか、むうとか、よく聞こえない返事をすると、辰蔵は土間に高下駄《たかげた》を脱いで二階に上がっていった。

(無口な奴だなあ)

真吾は呆れて、辰蔵のうしろ姿を見ていた。

(俺がいなくとも、辰蔵がいれば、あのくらいの男たちなら恐れおののいて退散するのだな)

なんだか、拍子抜けがした。

「あらま、辰蔵さんは出かけてまたなにか食べてきたようですね」

いつのまにか、下女のおきよが奥から出てきていった。

「昼餉は、二階で食べたのか」

「そうですよ。かなり大目に作ってるんですけどね、それでも足りないようですよ。まあ、あの身体ですからねえ」

おきよは、もっと多く作るには、お金がもっと必要だといって溜《た》め息をついた。

真吾は、おきよと話しながら、別のことを考えていた。

昼間なら辰蔵がいるし、殴《なぐ》りこみのようなことは、夜になってからだろうから、少しくらいなら千里堂を空けてもよいだろうと思いめぐらしていたのである。

真吾は、影山道場があれからどうなったのか、様子を見てみたかった。そして、諸岡佐兵衛の怪我《けが》の具合も知りたかった。いまは関係がないとはいえ、どうにも気になったのである。

影山道場が、変わらずに門人たちがたくさんいて稽古に精を出しており、佐兵衛の傷が癒《い》えて復帰していれば、思い残すことはなにもないのだ。

(諸岡どのの傷は、まだ本復《ほんぷく》というわけにはいかないだろうが、道場に座って稽古を見るくらいにはよくなっているに違いない)

それをたしかめたかった。

思い立ったら、すぐにでも道場の様子を見てみたくなった。そこで、二階に上がると、迷助の部屋へいき、

「ほんの少しのあいだ、出かけてもよいだろうか。ちと気になることがあって」

と、訊いてみた。

「ええ、いいですよ。辰蔵がいるから、なにかあっても大丈夫ですよ。ただし、暗くなるまでには戻ってきてくださいよ。辰蔵たちが帰ったあとも、あたしは、書き物をしたいもんでね。住んでる長屋じゃあ、隣の夫婦もんが喧嘩《けんか》はするわ、仲直りしたか

と思ったら、今度はいちゃついたりと、うるさくって書けないんですよ。暗い中にひとりじゃあ、どうにも心細いですからね。それに、大将は、いつ帰ってくるか分からないし……」

「承知した。なるべくすぐに帰ってくる」

いい置いて、真吾は千里堂を出た。

折から雨はやんでいる。

深編笠で顔を隠して、相生町にある影山道場へと急いだ。

二

影山道場の近くにくると、稽古の勇ましい掛け声が聞こえてきた。

(おお、やっとるやっとる)

久し振りに掛け声が耳に入ってくるだけで、胸がわくわくしてくる。

(俺は、よっぽど剣術が好きなのだな)

真吾は、あらためて思い知らされた気がした。

掛け声はひっきりなしにつづいており、道場の格子窓越しに中を覗く前から、たくさんの門人たちが稽古をしていることは分かっていた。

覗いてみると、前と変わらぬ賑《にぎ》わいである。

その中に、自分がいないということが、不思議な気分だ。

しばらくすると、いいようのない寂しさが襲ってきた。

（なぜ、ここに俺がいないのだ……）

分かりきっていることだが、自分もそこにいたいのだなと真吾は痛切に思う。

稽古の様子を見ていると、座って休んでいる門人たちの中に佐兵衛の姿を見た。

まだ肩のあたりに晒《さらし》を巻いているようで、稽古着の上から、そこが盛り上がって見えるが、顔色はよく、表情も明るい。

（よかった。諸岡どのは、肩の調子もよくなって、ふたたび師範代として務めることができるのだろう）

真吾は、自分のことのように嬉《うれ》しくなった。

やがて、佐兵衛が立ち上がり、門人たちに稽古をつけ始めたのには驚いた。

それも左手だけで、門人たちの打ちこみを受けている。

もう、これで影山道場は安泰だと思い、真吾はその場を離れた。

まだ若い加代は、いろいろと性格に難はあるが、佐兵衛なら加代を、よい娘へと、そしていずれはよき妻へと導けるのではないかと思った。

道場のある路地から出て、表通りから、竪川沿いの道に出ようとしたとき、

「志垣の奴はどこにいるんだ」

竪川沿いの道から、話し声が聞こえた。

「萬福屋に怒鳴りこみにいって追い返されたまでは知っているが、あとは知らん」

自分のことを話しているのと、萬福屋の名前が出たので、真吾は咄嗟《とっさ》に目の前の小間物屋に入った。小間物屋は表通りの角にあり、店の横壁は竪川沿いの道に面している。

店の中を覗くような格好で、通りに背を向けると、話し声の主たちが角を曲がって表通りに入ってきた。

声を聞いて、最初に真吾の名前を出したのが増田紀之助で、萬福屋の名前を出したのが常岡孫三郎だと分かった。

「やっつけられた奴らは、もうなにもいってはこんか」

これは紀之助だ。さきほどよりも、声をひそめている。

「ああ……」

孫三郎の声だ。こちらも小声になっている。

「あの手の奴らは……」

紀之助がさらに話していたが、声をひそめているので、聞こえなくなった。

だが、これだけで充分だった。

真吾は振り向くと、遠ざかる二人のうしろ姿をにらみつけた。

額《ひたい》には青筋が立ち、いますぐにでも二人に飛びかかりたい衝動にかられていたのだが、必死に耐えた。

いきなり出ていっても、とぼけられるのが落ちだ。

(やっつけられた奴らとは……俺を襲ってきた三人のことなのだろうか。だとすると、あの襲撃も、萬福屋が嘘八百の読売を出したのも、裏に常岡どのと増田どのがいるということなのか)

「なにかお探しですか」

小間物屋の主人が出てきて、真吾に訊いてきた。

「いや……」

真吾は、あわててその場を離れると、竪川沿いの道に出た。

こみ上げてくる憤怒に、身体が震えてくる。ともかく……。

(落ち着け、落ち着くのだ)

人のいないところへいきたいが、空き地を探すために、また町中に戻るのは嫌だった。自然と足は河原の土手を下っていった。

猪牙舟《ちょきぶね》がいきかっているが、土手の近くに人はいない。

真吾は、孫三郎と紀之助に対しての怒りを、なんとか身内から吐き出したかった。

「くそっ」

思わず、刀の鯉口《こいぐち》を切ると、抜刀した。

「たあっ」

目の前の孫三郎を、袈裟懸《けさが》けに斬った。

「むん」

紀之助を逆袈裟で斬る。

ふうっと息を吐くと、刀を青眼《せいがん》にかまえた。

陽にまばゆく刀身が光る。

じっと、曇《くも》りのない刀身を見ていると、やがて心が落ちついてくるのを感じた。

なにごとかと、猪牙舟から見ている者もあったが、真吾は気にしなかった。深編笠を被っているので、見知った者でも真吾だとは分からないだろう。

気持ちに揺らぎがなくなると、真吾は刀を鞘《さや》に戻した。

夕刻を過ぎても、真吾が戻らないので、迷助はいらいらしてきた。

「迷助はん、わてら帰りまっせ」

摺師の豆作《まめさく》が顔を覗かせた。

豆作も、迷助や辰蔵と同じく三十ほどの歳だ。小柄で、身体は痩《や》せているが、顔も目も丸く、目はいつも見開いていて、素《す》っ頓狂《とんきょう》な顔をしている。豆作とは、よく名付けたものだと迷助は思っていた。

「おいおい、まだ用心棒の志垣さんが帰ってこないのだよ。もう少しいたらよいだろう。な」

引き止める迷助に、

「わては、はよ呑みたいのや」

「酒を買ってきて、ここで呑めばよいでしょうが」

「そんなん、楽しくあらへん。居酒屋っちゅう場所で呑むから、楽しいのやおまへんか。なあ、辰蔵はん」

「うむ」

豆作のうしろで、大きな辰蔵がのそっと立っていた。

「そんなことをいわずに、もう、ちょっと、な」

迷助の言葉に、

「駄目や。ほな、お先に」

さっさと、豆作は辰蔵を連れて千里堂を出てしまった。

「くそっ、大坂《おおさか》の贅六《ぜえろく》野郎は、薄情なもんだよ。辰蔵もだけど……」

そこで、迷助はもうひとり忘れているのを思い出した。

下女のおきよは挨拶《あいさつ》をして帰っていたので、残るは、絵師の漠仙《ばくせん》だ。

「漠仙さん」

同じ二階の漠仙の部屋はもっとも奥まっている。

漠仙は、絵筆を持ったまま眠ってしまっていた。

痩せており、黒々とした蓬髪《ほうはつ》で、鼻の下に立派な髭《ひげ》もたくわえている。歳のころは、四十手前といったところだ。

評判の浅草奥山《おくやま》の小町娘といわれる水茶屋のおせんを描いている最中だったようだが、急に眠気が襲ってきたものか、肝腎《かんじん》の綺麗《きれい》な顔の鼻の下に、一本墨《すみ》が入ってしまい、髭を生やした小町になっている。

「しょうもない。眠っていちゃあ頼りにならないじゃないですか」

迷助は、ぶつぶついいながら部屋に戻った。

「それにしても、志垣さんも、夕刻までには帰れといっておいたのに、まったく困ったもんだ。あれで用心棒が務まるのかねえ」

迷助は、いらいらして仕事になりそうもない。

その仕事とは、おせんについての評判記である。明日までに書けばよいのだが、この分だと夜を徹してということになってしまいそうだ。

太吉はというと、昨夜から帰ってこないというありさまだ。

迷助はいら立つとともに、ひとり起きている心細さに負けてしまった。

「しょうがない。あたしも居酒屋へいって、ちょいとひっかけてこよう」

千里堂には、漠仙がひとりで寝ているが、起こしてまでも連れていくことはないと思った。

常岡孫三郎は、稽古を終えると、相生町にある居酒屋に増田紀之助と入った。

一刻（約二時間）ほど酒を酌《く》み交わし、ほろよい気分になって店を出た。

雨は降っていなかったが、どんより曇ったままの朧月夜《おぼろづきよ》で、二人は店の提灯《ちようちん》を借りて家路についた。

一ツ目通りをしばらくいけば、まず紀之助の住む屋敷があり、その先に孫三郎の屋敷があった。

紀之助の屋敷の前で、孫三郎はひとりになった。

酒でほてった身体に、肌にねばりつく湿気が余計に暑さを感じさせていた。

孫三郎は額ににじんだ汗を拭《ぬぐ》った。

そのとき、背後に人の気配がした。その途端、目の前が暗くなってしまった。

孫三郎が目を覚ますと、頭がずきずきとひどく痛んだ。

両腕は後ろ手に縛《しば》られ、柱を背に足を前に投げ出す形で座らされていた。その足首も縄で縛られている。

目の前に蠟燭《ろうそく》が灯されており、あたりを照らしているが、明かりの届く中に、人の姿はなかった。

「お、おい……誰かいないのか。お、俺をどうしたいのだ」

静けさに耐えられず、孫三郎はあたりに向かって声を出した。

だが応える声はしない。

「こ、ここはどこなのだ。お、俺を三百石の旗本常岡嘉一郎《かいちろう》の息子、孫三郎だと知っ

て の狼藉《ろうぜき》か」

強がっていってはみたが、闇《やみ》の中へと声が吸いこまれてしまうようで、心細くて泣きだしそうな気持ちになっていた。

すると、闇の中で、人の蠢《うごめ》く気配がした。

その気配が徐々に近づいてくる。

孫三郎は恐ろしさに、喉《のど》は渇き、身体はがたがたと震《ふる》えてきた。

三

「お前が、はした金しか払わないから、手荒なことをする羽目になったんだよ。少し辛抱してもらおうじゃないか」

といいながら、人影は蠟燭の明かりの届く中に入った。

下膨《しもぶく》れの顔をした浪人で、その膨らんだ頬《ほお》に刀傷がなまなましい。

「お、お前は助次郎《すけじろう》じゃないか。いったい、なにを企《たくら》んでいる」

相手の正体が分かって、いくぶん孫三郎は安堵し、

「こんなことをして、無事に済むと思うなよ」

下膨れの助次郎に食ってかかった。

「威勢がいいじゃねえか」

助次郎とは別の声がした。闇の中から、あと二人、浪人が現れる。

「三人ともおそろいか。金はやったじゃないか。はした金とはいうが、あれが精一杯なのだ」

相手が多くなると、さすがに両手両足を縛られた孫三郎も弱気になる。

「俺は大事な顔に傷をつけられたんだぜ。お前の家に、お前の命と引き換えに金をせびるつもりだ。上手《うま》くいかなかったら、お前の命はない」

「そ、そんな……俺は、冷や飯食いの三男坊だ。俺のために金など出すわけがないではないか」

孫三郎はあわてた。本当に金など出してはくれないと思っているようだ。

「うるさい。お前から少しずつせびるのも面倒になったんだよ」

助次郎は、脇差《わきざし》を抜いた。

「な、なにをしようというのだ」

「お前の耳を削《そ》ぎ落として、お前の屋敷に投げこむのよ。そうすれば、俺たちが本気だということが分かるだろう」

「や、やめろ、やめてくれ」

孫三郎は、思わず叫び声を上げた。

「ここは、まわりを雑木林に覆われてんだ。大声を出しても無駄だ」

助次郎は、抜き身の脇差を手に、孫三郎にさらに近づいた。

「うっ」

「ぐわっ」

助次郎の背後で、うめく声がした。

「な、なんだ」

助次郎が振り返ったときには、どさっとなにかが倒れる音がつづいてした。

はっとして、脇差をかまえたとき、明かりの届く中に、すっと現れた人影がひとつ。深編笠をかぶった浪人である。

「だ、誰だ」

助次郎が誰何《すいか》した転瞬、びゅっと浪人の手にした棍棒《こんぼう》が風を切った。

声もたてずに、助次郎は目を反転させて膝《ひざ》から崩《くず》れ落ちた。

「た、助かった。れ、礼をいう。は、早く縄をほどいてくれぬか」

孫三郎は、深編笠の浪人にいった。

「その前に、常岡どのが、俺にしたことを、順を追って、洗いざらい話していただきたい」

と、浪人はいうと、深編笠をとった。

「お、お前は……」

孫三郎は、浪人が真吾だと知り、呆然《ぼうぜん》とした顔になった。

真吾は、孫三郎と紀之助から、真相を引き出そうと思った。

だが、二人一緒では面倒なので、孫三郎ひとりに絞ることにした。

孫三郎が道場から出て、屋敷に帰る途中に待ち伏せして、場合によっては気を失わせ、いまの孫三郎がされているような状態にして、問い詰めようと思った。

ところが、道場を見張っている者がほかにいることに、真吾は気がついた。

浪人者で、真吾と同じように深編笠で顔を隠している。

真吾のことは浪人者には気づかれていないようなので、離れたところから、この浪人者を見張ってみることにした。

果たして、浪人者は道場を出た孫三郎と紀之助を尾《つ》けはじめた。

二人が居酒屋に入り出てくるまで、浪人者は彼らを見張っていた。

そして、紀之助と別れた孫三郎の背後から、浪人が頭をなぐりつけた。

すると、あたりから、あと二人の浪人が現れた。あらかじめ、孫三郎の屋敷の近くにひそんでいたものと見える。

孫三郎を酔っぱらって正体をなくしたように見せかけて、二人の浪人が孫三郎の腕を肩にまわして運びはじめた。

そうしてやってきたのが、亀沢町《かめざわちょう》にある周囲を雑木林に囲まれた破れ寺だった。

なにをするつもりなのか、破れ寺の濡《ぬ》れ縁《えん》に伏せてうかがっていると、金目当てだということが分かったのである。

孫三郎は、真吾に縄をほどいてもらうと、なぜ真吾を罠《わな》にはめるようなことをしたのか、すべて語った。いまさら、とぼけてもしょうがないと思ったようである。


真吾の剣術に対する意気ごみや態度が、孫三郎には、以前から気に入らなかった。彼の剣術は、箔《はく》をつけるための習い事であって、一意専心《いちいせんしん》、懸命に励むものではなかった。だから、真吾が剣に打ちこむ姿を見ると目障《めざわ》りだった。そして、師範の甚八郎が稽古に励む真吾を褒《ほ》めたり、満足げな顔で見ていると、どうにも面白くなかった。自分は努力しないくせに、嫉妬《しっと》を感じたのである。

真吾は剣術の稽古をしているとき以外は、磊落《らいらく》な性格なので、歳下の門人たちには慕《した》われ、真面目な兄弟子たちには目をかけられていた。

そんなときに、道場破りがあって師範代の佐兵衛が怪我をして、真吾が代わりの師範代になった。

師範代となった真吾は、佐兵衛のように、人を見て教え方を変えるという器用なところはなかった。

みな、平等に教えようとしたのである。これは、孫三郎のような門人にとっては、迷惑なことだった。

そして、孫三郎はもっとも真吾のやりかたを嫌ったのだが、同じように感じている門人は少なからずいたのである。

そんなときに、井戸端で、加代が真吾に親しげに話しかけているところを見て、孫三郎は日ごろから抱いていた、真吾へ対する悪感情が膨らんだ。

そして、道場を追い出すための奸計《かんけい》を思いついたのである。

「あの三人の浪人者たちは、博奕《ばくち》場で知り合ったのだ。あいつらは、剣の腕前はたいしたことはないが、喧嘩に強い。とはいっても、喧嘩の相手は町方の破落戸《ごろつき》たちばかりなのだ。あいつらに金をやって、おぬしを痛い目に遭《あ》わせてやれといったのだ」

孫三郎の言葉に、

「そういえば、奴らは刀を抜いたはよいが、殺気がなかったですね」

斬《き》りつけられたときのことを思い出して、真吾はいった。

二人とも、胡座《あぐら》をかいて対座している。

「逆におぬしに、こっぴどい目に遭わされるのは分かりきっていた。そこを萬福屋に見せて、大袈裟《おおげさ》に読売に書かせようというのが、俺の企みよ」

「萬福屋のことは、以前から知っていたのですか」

「ああ。あそこの武兵衛には、弱みを握《にぎ》られたことがあってな……なに、博奕で首がまわらずに、親に尻を拭ってもらったんだが、それを読売に書くってんで、金を渡したのよ。一回だけで済んだのだが、こいつらはしつこくせびりつづけやがった」

孫三郎は、倒れている浪人者たちを憎々しげに見て、

「萬福屋の武兵衛ともなると、こいつらと違って、引き際を知っているんだよ。まあ、それはいいとして、俺は、武兵衛におぬしのことを、ともかく悪《あ》しざまに書いてくれと頼んでおいた。そしたら、あのような読売になったというわけだ」

「あの嘘は、武兵衛が作り上げたというわけですか」

「ああ、それで、おぬしは道場をやめていった。俺の企み、うまくいったわけなのだ

が……こいつらのおかげでとんだことになったもんだよ」

　そこまで話して、孫三郎は、真吾を見ると、

「それにしても、なんでおぬしはここにいるんだ」

「たまたまですが、今日、常岡どのと増田どのの話を聞いてしまったのです。あなたがたが、裏でなにかしたのだろうという見当がつきました」

「……そうか。不用意に話すもんじゃないな」

「増田どのは、どのくらい掛かり合っているのですか」

「なに、あいつは、俺に同調しただけのことだ。こいつらにも、武兵衛にも、直《じか》に掛け合ったのは俺だ」

　孫三郎は、ここにいたって潔《いさぎよ》くいった。

「これですっきりしました。なぜ、陥《おとしい》れられたのか分からないままだったので、ずっと胸のうちにくすぶったものがあって……」

「これで、影山道場に戻れるな。俺は追い出されるだろう。その前に、こっちからやめるといおうか」

　卑屈《ひくつ》な笑みを浮かべて孫三郎はいった。

「……いや、それには及びません。俺のことはいったん終わりましたが、常岡どのが

このようなことをしたと発覚すると、また影山道場に泥を塗ることになってしまいます。できるなら、なにも波風立てずに済ませたほうがよい」

真吾は、立ち上がった。

孫三郎は、真吾を陥れたのにもかかわらず、このまま不問に付してくれることに驚喜した。

孫三郎は、顔に喜びの色を浮かべていった。

「常岡どののためではないことを、いっておきましょう。すべては影山甚八郎先生と、道場のためです」

真吾は、孫三郎をじっと見ていった。

不思議と怒りや憎しみは感じなかった。それよりも、真っ向から挑んでくるのではなく、卑劣な手段しか弄《ろう》せない孫三郎の卑小さに、真吾は憐憫《れんびん》の情を覚えた。

「そ、そんな見下したような目で見るな」

孫三郎は、真吾から目を逸《そ》らすと、

「こいつらはどうするんだ。気がついたら、また俺に仕返しをしようとするに違いない」

もうこれからの自分の心配をしだした。

「なにがなんだか分からないままに気を失っているのですから、常岡どのには、正体不明の味方がいると思って、恐ろしさから、もう手を出さないのではないですか。自分の裏には、たいそうな者がいて、守ってくれるのだとかなんとか、大袈裟にいっておくのもいいかもしれませんな」

真吾は、笑いを含みながらいうと、その場を立ち去った。

孫三郎は、浪人たちから救われ、しかも真吾になにも暴露《ばくろ》されずに済むと分かって、この幸運が信じられず、思わず頬をつねった。

その痛さに、にんまりと笑顔になった。

四

真吾は、孫三郎のしたことへの怒りが完全に鎮《しず》まったわけではなかったが、そのあまりのせこさに呆れる思いがして、どうでもよくなってしまった。

だが、それよりも、一所懸命に師範代を務めていたのだが、それを快く思っていなかった門人が少なからずいたと知ったのがこたえた。

増田紀之助は、孫三郎に同調していただけのようだが、やはり真吾の真面目さを鬱《うっ》陶《とう》しく思っていたことに違いはない。

（剣の道を極めたいとは思わないのか）

憤然《ふんぜん》とした気持ちで、真吾は問い詰めたくなるが、

「俺たちの剣術道場通いは、町方の者が琴《こと》や新内《しんない》の稽古にいくようなものだ」

と、いなされるのではないかと思うと、落胆するほかはなかった。

（諸岡どのは、それを重々分かって、教え方を変えていたのか……それも、道場をやっていくには必要なことなのかもしれぬなあ）

とても、真吾には、そのような器用なことはできない。

（俺が師範代などにならなければ、よかったのだが……諸岡どのがああなってしまっては、俺がやらねばならなかったのだから、これも運命というやつか）

結局は、道場を出て、これから如何《いか》に生くべきかということになる。

千里堂の用心棒をしながら、それを探っていくほかはないと、真吾は己《おのれ》にいい聞かせた。

ただ、剣の道を捨てることだけはできないと思った。単に、道場でそれをするだけが道ではないという気がしてきたのである。

千里堂に着いたときには、すでに五つ半（午後九時ごろ）を過ぎていた。

（ずいぶん遅くなってしまった。迷助どのには、暗くなるまでに帰るといったのだが、それを破ってしまった）

用心棒に成り立てなのに、これはまずいことをしたと思った。

萬福屋に嘘八百を書かれたわけを知ることができたのだが、それはそれ、これはこれである。

千里堂はひっそりとしており、戸を開けて中に入り、行灯《あんどん》に火を入れる。

一階には誰もおらず、手燭《てしょく》を持って二階に上がった。二階には、いまは作るべき読売もないので、彫師の辰蔵と摺師の豆作がいないのは当然としても、夜も仕事をするといっていた迷助もいない。

すると、二階の奥の部屋から軽い鼾《いびき》が聞こえてきた。

（たしか、絵師の漠仙どのが……）

いると思って、奥の部屋へいくと、漠仙が大の字になって眠っていた。

漠仙をそのままにして、真吾は階段を降り始めた。

すると、戸口でなにかが倒れる音がした。

「うう……」

うめく声がする。

なにごとかと、階段を駆け下りると、戸口は開いており、そこに倒れている男が手燭の光に浮かび上がった。

「た、太吉どの」

真吾は駆け寄り、手燭を置くと、太吉の様子を近くでうかがう。息はしている。どこにも、傷があるようには見えなかった。

とりあえず、部屋まで運ぶことにして、

「しっかりしてください」

太吉を抱え上げようとすると、身体が異様に熱いことに気がついた。

部屋に入れて蒲団《ふとん》を敷き、その上に横たえて額に手をやると、たいへんな熱だ。

「す、すまない……」

太吉は、薄く目を開けてつぶやいた。

水差しに水を汲み、頭を起こして水を飲ませると、手拭《てぬぐい》に水を含ませて太吉の額に当てる。

「医者を呼んできます」

といって部屋から出たが、近くのどこに医者がいるのか分からない。

二階へ上がって、漠仙を激しく揺り動かした。

「な、なんじゃ、いったい」

目を覚ましはしたが、寝惚《ねぼ》けまなこの漠仙に医者がどこにいるのか訊いても、

「いったい、あんたは誰じゃ。見たことは……」

「用心棒になった志垣ですよ」

「見たことあるな。ある。用心棒なのか」

「そんなことはいいですから、太吉さんがたいそう熱を出して倒れたんです。医者を連れてこないといけません」

「ほう、医者か。医者なら……」

ようやく診療所のある場所を聞きだして、真吾は走った。

同じ町内に榊原玄沢《さかきばらげんたく》という医者がおり、真吾が連れてくると、太吉の部屋には、漠仙のほか、顔を赤くした迷助も座って待っていた。

玄沢は太吉の容態を見て、

「風邪《かぜ》だな。薬を処方するが、ともかく静かに寝かせておくんだ。どうも疲れがたまっているようだ」

熱が下がったからといって、疲れがとれないうちに仕事をしたりすると、また悪く

なってしまうからといって帰っていった。

「ありゃりゃ、あたしの財布が軽くなっちまったよ」

玄沢への支払いは迷助が立て替えたが、けっこうとられてしまった。

「太吉どのには、俺がついているから、お休みになってけっこうですよ」

真吾の言葉に、

「休むなんて……あたしは、仕事をしなくちゃならないんですよ。あのね、あんたが早く帰ってこないから、あたしは心細くなっちまって、辰蔵と豆作と居酒屋にいたんですよ。だから、仕事なんかまったくはかどってないときてるんですからね」

迷助は、真吾をにらんでぶつぶつと文句をいった。

「いや、すまん。ちょっと、その、いろいろあって……」

「いいわけなんか、聞きたくはありません。ともかく約束は破らないでくださいな。今度同じことがあったら、出ていってもらいますから」

ぷんぷんと怒って迷助は、二階へ上がっていった。

真吾は、その夜ずっと、熱に浮かされる太吉の額の手拭をかえたり、汗を拭《ふ》いたりと、看病していた。

東の空が明るくなってきたころ、熱も下がってきて、太吉も苦しげではなくなり、寝息も安らかなものに変わってきた。

ひとまず安心して、太吉の寝ている蒲団の横の畳に直に寝転んだ途端、真吾は深い眠りに落ちていった。

ふと、明るい陽差しに目を開けると、

「おや、お目覚めですね」

おきよの声がした。おきよは、太吉の額の手拭をかえているところだった。

ずいぶんと暑く、寝汗をかいている。

「いかん、しばし横になろうと思ったばかりに……いま、何時だ」

といって、真吾は飛び起きた。

「もうお昼ですよ」

「な、なに」

あわてて太吉を見ると、太吉は目を開けていて、真吾に笑いかけた。

五

太吉が目を開けたのは、真吾が目覚めるほんの少し前のことだった。

おきよが、二階にいる者たちに知らせたので、どやどやと二階から千里堂の面々が降りてきた。

絵師の漠仙、書き手の迷助、彫師の辰蔵、摺師の豆作は、みな一様に、嬉しそうな顔をしている。太吉は慕われているのだなと、真吾は思った。

「いったい、どないされはったんや。昨日の晩は、たいそう熱が高かったって聞いておるんやけど」

豆作の問いかけに、

「うむ……疲れていたんだな。歳なのに、ちょいと夢中になりすぎたよ」

太吉は、自重気味に笑った。

「歳ったって、まだ四十にもなってないじゃありませんか。それにしても、夢中になってやっていたって、どんなことですかい」

迷助が訊く。

「それがな。やっとこさ、とっかかりまで調べたんだが……」

太吉は悔しそうな顔になった。

しばらく躊躇《ちゅうちょ》しているようだったが、

「誰か代わりに、見張ってくれないか。いや、無理にとはいわないが……」

太吉は、一同の顔を見まわした。

「いったいどこを見張るっていうんでっか」

豆作が丸い目をさらに丸くして訊く。

「海辺大工町《うみべだいくちょう》の万年橋《まんねんばし》の近くにある廻船問屋の樽井《たるい》屋だ。今日のうちに動きがあると思うのだがな」

太吉はまだ微熱があり、力のない状態ながら、訥々《とつとつ》と語った。

このところ、歳ごろの娘たちが、江戸の町や近郊で行方不明になることが増えているという話を、太吉は早耳から聞いていた。

早耳というのは、なにか読売の材料になりそうな話をつかんでは、教えにくる連中のことだ。

普段は別に生業《なりわい》を持っていて、そのあいまに聞いたことを持ちこんでくるのだが、それが読売になれば、いくばくかの金を渡すことになっている。

心を打つよい話や、奇妙な話、とんだ笑い話などは、髪結い床や湯屋といった人の集まってくるところで得られやすく、いきおい、そのような場所で働いている者たちが早耳になることが多かった。

太吉は、ほかの早耳から、廻船問屋の樽井屋の主人金兵衛《きんべえ》が、仕事が増えてもいないのに、ここのところ羽振《はぶ》りがよいこと、裏でなにかやっているのではないかと噂が立っていることを聞いた。

行方不明の娘たちの話は雲をつかむようなので、心に留め置き、太吉は樽井屋の主人の動きを知るために、このところ張りこみをしていた。

すると、夜が更けてくると、樽井屋の中から、娘の泣き声のようなものが、かすかに聞こえてくることに気がついた。それも毎夜のことなのだ。

そこで太吉は、行方不明の娘たちの話を思い出した。

「金兵衛の金まわりがよくなったのは、ひょっとして、娘を売っているからじゃあないかと疑ったのよ」

「つまり人買いということですか」

真吾の言葉に、

「そうと決まったわけじゃないんで、どうにかしてたしかめたかったんだ。それで毎夜張りこんでいたところ、この梅雨《つゆ》のせいか、身体がどうにもだるくてしかたがない。ここへ戻って、少し休もうと思ったんだが、頭がぼーっとして、めまいすらしてきた。やっと帰り着いたと思った途端に、目の前が真っ暗になっちまった。どうやら、気を失って倒れたらしい」

太吉の話を聞き、真吾の背に冷や汗が流れた。真吾の帰りがもっと遅かったら、太吉は戸口で倒れたままだったのである。

「その樽井屋ってところを見張ってもらいたいのだ。ここ一両日中に、なにか起こりそうな気配がするんだよ」

太吉の言葉に、真っ先に応えたのは、

「俺にやらせてください」

憤《いきどお》りを顔に浮かべた真吾だった。

もし、人買いだったら、絶対に許せるものではないと、真吾は怒りの火が胸にめらめらと燃え上がるような気がした。

ほかの者たちに異存はなかった。

「あんたね。その目をまたたきしないで、見張ってるんだよ。見たことをしっかりと太吉さんに伝えなくちゃならない。いいですかい」

迷助が、嚙《か》んで含めるようにいった。

「そやそや、これは、ほんまに重い仕事やで。失敗しなはったら、もう切腹もんでっせえ」

豆作が脅《おどか》すようにいう。

「昨日みたいに、勝手に出ていったまま帰らないなんてことになったら、本当に腹を切ってもらいますからね」

迷助が豆作の言葉に乗っていいつのった。

「うむ、俺がそのようなことをしたら、腹を切ると約束しよう」

「本当ですぜ。昨日のような約束破りはいけませんぜ」

「承知だ。承知」

真吾は、うるさいなとばかりに迷助をにらんだ。

「ふん、あんたが悪いのだから、あたしをにらむことはないでしょうが」

「い、いや、すまん」

真吾は頭をかいた。

「まあ、まあ、そんなに志垣さんをいじめるな」

太吉は苦笑しつつ、

「ともかく、ただ見張るだけにしてくださいよ。なにかあったら、近くの自身番屋に駆けこむようにしてください。そのときは、南町奉行所の定町廻り同心、梅沢田之助《うめざわたのすけ》の名前を出すといい。わたしの竹馬の友ですから」

「分かりました」

「いいですか。くれぐれも勝手なことはしないでくださいね」

くどいように太吉に、真吾は念を押された。

（かっとなって萬福屋に怒鳴りこんだからな。あのようなことをすぐにする短気な男と思われているのだろう。……いや、本当にそうだから、自重せねばならんぞ）

真吾は、肝《きも》に銘《めい》じることにした。

そのとき、お秋が慌《あわただ》しく駆けこんできた。

「いま、おきよさんから聞いたんですけど、お父さん、熱を出したんですって」

青い顔で枕元に座る。

「もう下がったよ」

という太吉の額に手をやって、

「まだあるじゃない。おとなしくしてなさいよ。もう、いつも無理ばかりするから、こんなことになるんだから」

お秋は太吉をにらんだ。

「分かったよ」

太吉も、こんなときのお秋には弱いようだ。

二人の様子を見て、真吾は自然と顔がほころんだ。

昼のうちには、人の目があり、あまり動きがないだろうということなので、夕刻になってから、真吾は廻船問屋樽井屋のある海辺大工町へ向かった。

太吉に教えてもらったとおりに、樽井屋は万年橋からほど近いところにある、大きな店で、小名木川《おなぎがわ》に面した店の裏の船着場には何艘もの舟がもやってあった。

樽井屋の船着場を見張るのに、実にうってつけの掘《ほ》っ建《た》て小屋があり、そこで太吉は毎夜、見張りをつづけていたそうである。

掘っ建て小屋は、樽井屋の船着場のすぐ近くにあり、樽井屋の隣にある釣り道具屋のもので、釣り道具を置いておくためのものだったが、いまは使われていない。

太吉は、その釣り道具屋とひそかに交渉して、安く借り受けたのだそうだ。

真吾は、川端を掘っ建て小屋まで歩いていったが、なるべく小屋に隠れるように、自分の姿が樽井屋の船着場から見えないようにした。

どうやら樽井屋の者たちには見られずに、小屋の中へ入ることができた。

かなりくたびれた小屋なので、ところどころに節穴があり、それが格好の覗き穴になっている。

ただ、天井にも穴が空いており、雨が降れば雨漏りがする。

（太吉どのは、雨が降りつづいているところを、ここで見張っていたのか……身体を壊すわけだ）

太吉の熱意を感じて、真吾は身を引き締めた。

その日は快晴で、暑い日だった。ようやく夕刻になって、涼しくなってきた。どうやら梅雨は明けたようである。

かなり蒸し暑いが、雨に降られるよりはましで、真吾は運がよかった。

忙しく立ち働く人足たちに、仕立てのよい絹の着物をきた恰幅《かっぷく》のよい男が采配《さいはい》を振るっていた。

髪は黒々としているのだが、小鬢《こびん》だけが見事に白髪になっている。

（あれが金兵衛だろうな）

真吾はあたりをつけると、金兵衛を中心に船着場の様子を見ていた。

夕刻になる前は、舟の発着も多く、人足たちが忙しく立ち働き、かなりの喧騒《けんそう》がつづいていたのだが、六つ（午後六時ごろ）を過ぎたころから、途端に静かになっていった。

それまでの喧騒がかなりのものだったので、いきなり静寂に包まれたように感じたのだが、あちこちから話し声やら、笑い声、怒鳴る声などが聞こえてくるのは、ほかの通りと同じだった。

真吾は、暗くなると、おきよが用意してくれた握り飯を食べ、竹筒に入れた茶を飲んだ。

船着場に舟が着くことはなくなり、そのまま夜が更けていった。

（太吉どのは、ここ一両日中になにか起こりそうだといっていたが、何日も見張っていたので、なにか感じるものがあったのだろうか）

あたりがしんと静まっていくにともなって、真吾の緊張も増していった。

なにかあるとすれば、それは川をいき交う舟もなくなる深更《しんこう》だろうという気がしたからだ。

六

梅雨明けの夜空に雲は少なく、月の青白い光が川面《かわも》に照り映《は》えている。

九つ（午前零時《れい》ごろ）近くになったころである。

大川のほうから万年橋をくぐって、一艘の猪牙舟が近づいてきた。

ひょろりと背の高い船頭と、もうひとり男が乗っている。

真吾が見ていると、猪牙舟は樽井屋の船着場につけた。

あたりをうかがっているようだったが、川面に舟がないこと、川端にも人がいないことをたしかめると、船頭は舟から降りて、もやいはじめた。

もうひとりの男は、舟の真ん中にあった菰《こも》をとった。月の光で、ひとりの娘が横たわっているのが見えた。真吾が目を凝《こ》らすと、口には猿ぐつわを、手と足は縄で縛られているのが分かった。まだ十六か十七くらいの娘で、色が白く整った顔だちだ。

船頭が猪牙舟から降りると、もうひとりの男が、娘を肩に担《かつ》ぎ上げて舟から降りてきた。こちらは、船頭とは違って、ずんぐりしている。

「おい、牢《ろう》に入れる前に、納屋《なや》へ連れていこう」

船頭が、娘を担ぎ上げた男に、声をひそめていった。

「えっ……味見するのかい」

「そうだ」

「でも、売りもんに手をつけるなって、旦那が」

「今日は、金兵衛の旦那は妾《めかけ》のところだ。朝まで戻らねえから、たまにはいいじゃねえか」

「ばれねえかな」

「でえじょうぶだよ」

ずっと小声ではあったが、あたりに誰もいないと思ってか、ひそひそ話ではなかった。そして、船着場は風上で、真吾のひそんでいる掘っ建て小屋は風下だった。そのせいで、はっきりと二人の会話は聞き取れた。

(これで、人買いをしていることがはっきりした。すぐさま自身番屋にかけこみ、八丁堀の梅沢田之助どのに報《しら》せを走らせるのが筋だが……)

とはいっても、捕物出役《とりものしゅつやく》となるのは、早くとも明日のことになってしまうだろう。ずっと、役人たちが探っていたのではないのだから、すぐに梅沢田之助が飛んでくることもあるまい。

太吉から、くれぐれも勝手に動くなと念を押されていることを思い出す。

人買いの連中を根絶やしにするには、あまりに短気な行動は起こすものではないと思う。

だが、しかし……。

（あの娘、歳格好から、おそらく生娘《きむすめ》ではないのか。いや、生娘であろうとなかろうと、これからあの男たち二人に、さんざんぱら弄《もてあそ》ばれるのだ。それを見て見ぬ振りをしろというのか）

真吾は、迷った。太吉の言葉を守って、勝手なことをせずに、報せに走るか……あるいは、娘の貞操を守るために動くか……。

深く腹で息を吸って、ゆっくりと吐き出す。

（やはり、俺は見過ごすことはできん。だが、勝手なことをする以上、なるべく大騒ぎにならぬようにするほかはない）

腹が決まると、真吾は掘っ建て小屋から素早く出て、樽井屋に向かって足音を極力立てずに走った。

前方に、船頭と娘を担いだ男の姿が見えた。

走るのをやめて、二人の様子をうかがう。

樽井屋の建家の横に、納屋があった。

船頭が納屋の戸を開けると、ずんぐりした男が娘を担いだまま入っていった。船頭がそれにつづく。

納屋の戸が閉まると、真吾は納屋の戸まで進んだ。

戸に閂《かんぬき》か心張《しんば》り棒《ぼう》でもかけられているかと思いきや、戸に力をかけると、少し開いた。誰もこないと油断しているのだろう。

戸の隙間から覗くと、船頭は蠟燭に火をつけたところだった。

ぼおっとした蠟燭の明かりで、船頭とずんぐりした男、そして横たえられた娘の姿が見えた。

「早いとこ、すましちまおうぜ」

船頭が、褌《ふんどし》をほどきながらいった。

「えへへ」

ずんぐりした男が、舌なめずりしたときである。

音を立てず、二人の背後に近づいた真吾は、船頭の前にまわりこみ、鳩尾《みぞおち》を拳《こぶし》でついた。

「うぐっ」

うめいて倒れこむ船頭に、ずんぐりした男が、ぎょっとした顔を向け、つぎに真吾に気がついた。

だが、声を上げるまもなく、真吾の拳が、この男の鳩尾をついた。

二人が倒れこんだとき、横たわった娘の目が開いた。

大きく見開かれた目が真吾を凝視し、つぎの瞬間、悲鳴を上げようとした。

だが、娘を凌辱《りょうじょく》するために、縄はほどかれているが、猿ぐつわはそのままなので、声はほとんど漏れない。

真吾は、片膝突いて、娘の目をのぞきこみ、

「俺は、助けにきたのだ。安心してくれ」

なるべく穏やかにいった。

すぐに、娘の目に安堵の色が浮かんだ。

娘の猿ぐつわを外してやると、

「この男たちを縛ってから逃げよう」

娘にいうと、二人の男を納屋の柱の両側に縄で縛りつけた。

おのおのの足も縛ると、口には猿ぐつわをかましておく。

（これで、しばらくは騒ぎにはならずに済むだろう）

娘を連れて納屋から出て、船着場へ向かおうとしたとき、

（こいつらは、娘を牢に入れる前に……といっていたが、ひょっとして牢に入れられている娘たちがいるのかもしれぬ）

真吾は、その娘たちも救い出したい欲求にかられた。

あまり欲張るのはよくないとは思うが、できるときにできるだけのことをしておきたい気がする。

太吉から、勝手な真似《まね》はするなといわれていたことはとっくに破ってしまったという、その事実が真吾の背中を押した。

「まだこの樽井屋の中に、捕らえられている娘がいるかもしれない。俺は、探してみようと思う。少しのあいだ、待っていてくれぬか」

真吾は、娘が嫌だといえば、そのまま逃げようと思ったのだが、娘は気丈にも、

「はい。ここで待っていてよいのですね」

といってくれた。月明かりの中なので、顔色は分からないが、おそらく恐ろしさで青ざめていたことだろう。

「すまん。ではこの納屋の陰に隠れていてくれ。なるべく早く戻る」

真吾は、娘にいうと、樽井屋の建家へと忍びこんでいった。

勝手口が開いており、そこから入ったのだが、ざっと調べてみて、牢の場所が分からなければ、諦《あきら》めて出てくるつもりだった。

勝手口の土間は、ひろびろとしており、隅《すみ》に空の木箱などが積まれている。なにかの荷物を入れて運び、用済みになったものだろう。

土間から上がり、廊下を歩いていくと、鼾や歯ぎしり、寝息のほかに、かすかな話し声が聞こえてきた。

暗くて、樽井屋の間取りもなにも分からないのだが、長い廊下を進んでいくと、いき止まりになった。床の下からぼんやりと明かりが漏れてきて、そこから話し声がする。

真吾は腹這《はらば》いになって、床板を調べてみたが、板の継ぎ目に指をかけられる箇所を見つけた。

立ち上がり中腰になると、床板に指をかけて、ゆっくりと引き上げていった。

下の話し声が大きくなってきた。床板が軋《きし》む音をわずかに立てた。

真吾は、床板を半ばまで持ち上げたまま動きをとめる。下の話し声は、途切れることがない。

（気づかれなかった）

安堵したが、緊張をゆるめずに、床板をさらに持ち上げて、奥の壁にたてかける。下は急な階段がついている。真吾は、また腹這いになると、床板のなくなった穴から中をのぞきこんだ。

すると、太い格子が縦に並んでおり、その前に二人の男が将棋を指しているのが目に入った。

格子の奥は真っ暗だが、その中に娘が捕らえられているのに違いない。

真吾は、立ち上がり、ゆっくりと階段を降りていく。

二人のうち、ひとりはこちらに背を向けてゆっくりと階段を降りていく。真吾が目に入るだろう。だが、将棋に夢中で気がついていない。

ゆっくりと階段を最後まで降りると、真吾は、さらに男たちに近づこうとした。

そのときである。

「あっ」

向こう側の男が顔を上げて、真吾に気がついた。

「南無三《なむさん》」

真吾は、男たちに飛びかかりざま、刀を抜いた。瞬時に峰《みね》を返し、背中を向けている男の脳天をたたいた。

男はくずおれ、向こう側の男は、驚愕《きょうがく》に顔をゆがめながらも、脇に置いた長脇差《ながわきざし》に手をやった。

だが、手が届く前に、真吾の刀の峰が男の側頭部を打ち据《す》えた。

この男も昏倒《こんとう》し、真吾は刀をおさめた。

行灯を動かすと、格子の中に目を凝らす。

すると、怯《おび》えた顔の娘が三人、身を寄せ合っているのが目に入った。

「助けにきた。いまここを開けるぞ」

真吾が声をかけたときである。

「そうはいかん」

地下への階段の入り口から声がした。

七

真吾が振り向くと、背の高い岩のような体軀《たいく》の浪人が階段から降りてくるところだった。そして、その浪人は、軽々と娘を肩に担いでいる。

さきほど、真吾が救った娘で、気を失っているようだ。

「お、お前は……」

その浪人に、真吾は見覚えがあった。

身長は六尺もあり、厚い胸板に、無精髭《ぶしょうひげ》に覆われた顔は、一度見たら忘れない。

「近藤巌次郎！」

影山道場に道場破りをしかけた浪人者だった。

思わず刀に手をかけた真吾に、

「刀を捨てろ。この娘の命が惜しくばな」

巌次郎の言葉に、真吾は両刀を腰から抜いて、脇に置いた。

用心棒がいることを念頭に入れなかったことを、真吾は悔やんだ。

無念の気持ちから、唇《くちびる》を知らずに噛み、血が顎《あご》を伝った。

「為吉《ためきち》、番頭の勘蔵《かんぞう》を起こしてこい」

巌次郎の命令に、背の高い船頭が、

「へい」

と応えた。

「この野郎」

「ふてえ奴だ」

真吾が急襲し、昏倒させた背の高い為吉とずんぐりした男が、交互に縄で縛られた真吾を殴りつけた。

ずんぐりした男は広太《こうた》という。

地下の牢に娘を入れたあと、巌次郎は、男たちに命じて、真吾を勝手口の土間に座らせていた。

真吾は鼻血を出し、さらに口の中の血を吐き出した。

「おい、金兵衛が血を見たら嫌がるだろ。あとで流しておけよ」

巌次郎の言葉に、為吉と広太が、

「へえ」

同時にいって頭をかき、えへらえへら笑った。どうやら、巌次郎が怖いらしい。

そこへ、頬のそげた目つきの悪い男がやってくると、

「この浪人が、娘たちを助けようとしたんですか」

巌次郎に訊いた。

さきほど、巌次郎が番頭の勘蔵を起こせと為吉に命じていたから、この男が勘蔵なのだろうと真吾は思った。

「そうだ。とつぜん、現れたらしいのだがな。いままわりを調べてみたが、ほかには誰もいない。この浪人、志垣真吾というのだが、こいつを問い詰めても、仲間はいないという。偶然、娘をかどわかして舟に乗せるところを見たから、川岸を走って尾けてきたのだそうだ。本当かどうか、俺は知らん」

真吾は、博奕からの帰り道に、たまたまかどわかすところを見たのだと嘘をついていた。

「ふうむ……」

男は、じっと思案していたが、

「ほかに誰もいなければ大丈夫だろう。娘たちは、三日後には売り飛ばすから、かどわかしの証拠もなくなる。それにしても、とんでもないドジを踏みやがって」

勘蔵は、為吉と広太をにらみつける。

二人は、肩をすぼめて伏目になっている。

「金兵衛の旦那が帰ってきたら、きつい仕置きをされるかもしれねえぞ。覚悟しておけよ」

「へ、へい……」

「そ、それで……こいつ、どうしやす。始末はあっしたちにまかせてくだせえ」

広太が上目がちに訊く。

「あの木箱に入れて、川に沈めろ」

勘蔵は、土間の隅にある大きな木箱を指差した。

「そいつはいいや。どうせばらして焚《た》きつけに使う木箱でやすからね」

為吉が、揉《も》み手《で》をしていった。

「お前とは、もう一度、真剣で立ち合いたかったな。あのときは、木刀だったから負けたが、真剣なら、人を斬った数で俺に分がある。それができんのが心残りだが、しかたあるまい」

巌次郎は、真吾に笑いかけ、

「俺はもう寝るからな」

といって奥の部屋へ戻っていった。

勘蔵は巌次郎を見送ると、

「俺もこんな夜中に起こされちゃあ、かなわねえ。もう一度寝るから、お前ら、うまくこいつを始末しろよ」

「合点《がってん》」

「承知でやす」

威勢よく、為吉と広太は口々に応えた。

勘蔵がいってしまうと、

「ふう。どんな仕置きが待ってるのやら。みんな、お前のせいだぜ」

為吉は、真吾の頭を引っぱたいた。

「しかし、娘をかっさらうところを、どこで見てやがったんだ。まったく俺たちは運が悪いぜ」

広太がぼやく。

「俺もう寝たいよ。広太、木箱にこいつを入れるか」

為吉がいうと、

「入れて運ぶと重いぜ。入れるのは川岸でいいんじゃねえのか」

広太が応える。

「じゃあ、木箱を川岸まで持っていけ」

「なんだよ、俺がすんのか」

「うだうだいうな。こいつを見張ってなくちゃいけねえ」

為吉の言葉に、広太はぶつぶつ不平をいいながら木箱を抱え上げると、外に出ていった。

為吉は匕首《あいくち》を真吾につきつけている。真吾は両手をうしろにまわされて縄で縛られているが、足はまだだ。相手がひとりになったのだから、なんとかできないかと、為吉の隙をうかがった。だが、為吉はさきほどの不覚があるせいか、隙を見せない。

「なにやってんだい。こんな夜中に」

突然、艶《あで》やかな声が聞こえた。

髪のほつれが目立つ、寝間着を着た女が廊下を歩いてきた。

歳のころは二十五、六か、どこといって特徴のない顔の年増女で、疲れているのか、目の下の隈《くま》が目立つ。

「お滝《たき》か。びっくりしたぜ」

為吉の言葉に、

「厠《かわや》へいこうと思ってね。この浪人はなんだい」

「こいつ、俺たちが娘をかどわかしたところを見てやがったんだよ。牢の中の娘たちを救おうとしやがったんだが、逆にこっちが捕まえて、これから川に沈めるところだ」

「ふうん」

お滝と呼ばれた女は、つかつかと真吾に近寄ってくると、

「あんたも運がないねえ。あはは」

あざけるように笑い、

「おや、縄の縛りかたがゆるいねえ」

真吾の背後にまわって縄の結び目を見ていった。

「そんなことがあるか。縄は俺が結んだんだ」

「こんなんじゃ、ほどかれちまうよ」

お滝の言葉に、為吉は舌打ちすると、

「もう一度結び直すか」

為吉は、不快な顔で近寄ってきた。

「あたしがやってやるよ。これでも、漁師の娘だからね。きっちりと、絶対にほどけないようにしてやる」

お滝が請《う》け合うので、

「なら、まかせたぜ。まあ、ゆるくったって、水がしみこんじまえば固くなるってもんだ。川の中で暴れたって、ほんのいっときのことだろうぜ。すぐに、息をとめちま

うからな」

　為吉がいっているあいだに、お滝は、縄をいったんほどくと、すぐにギュッギュッときつく締め直した。

「よし、これなら大丈夫だよ。見てみるかい」

　お滝の言葉に、為吉は近寄って、ちらっと見たが、

「どこが違うのか、よく分からねえな」

「だから、博奕ばかりやってる奴は駄目なんだよ」

　お滝が莫迦にしたようにいうと、

「うるせえ、早く小便して寝ろ」

「ああ、いわれなくたって寝るよ」

　お滝は、笑いながら去っていった。

「まったく、下女のくせして口の減らねえ女だぜ」

　為吉が毒づいていると、広太が川岸から戻ってきた。

　真吾は立たせられ、為吉と広太に引っ張られて川岸へ向かった。

　船着場から離れ、真吾が見張っていた納屋よりもさらに離れると、木箱が置いてある場所に着いた。

匕首で脅され、真吾は木箱の中に入る。そこで、足も縄で縛られた。

為吉が木箱に蓋《ふた》をし、広太が木箱のまわりに縄を巻いた。

その縄に、大きな石を何個もつけて準備は終わった。

「よし、沈めるぞ」

為吉がいうと、

「俺たちを恨《うら》むなよ。運が悪いんだからな」

広太が木箱の中の真吾にいった。

「せーの」

二人は木箱を押し、川に向かって落とした。

木箱が落下すると、盛大に水がはね上がった。そして、重りのせいで、ずぶずぶと
木箱は沈んでいった。

「よし、帰って寝ようぜ」

「とんだことだったな」

為吉と広太は、樽井屋へ帰っていった。

水面には、ぶくぶくと泡が立っている。

八

木箱が落ちた波紋が、ようやくおさまったころ……。

川岸近くで、水の中から真吾の顔が飛びだした。

激しく息をしながら、あたりを見まわす。

為吉と広太が去って、いないことをたしかめて、ようやく安堵の溜め息をついた。

胸いっぱいに息を吸いこんだ真吾は、木箱が沈み始めてから、すぐに縄をほどきにかかったのである。

思ったよりも簡単に縄はほどけた。

手の縄がほどけると、足の縄はそのままに、木箱と蓋の隙間に小柄《こづか》を差しこみ、木箱の外側に巻かれた縄を切りにかかった。

お滝という女が、縄を締め直したとき、為吉には分からないうちにすぐにほどけるように縛ってくれたらしい。

そして、真吾の手に小柄を押しこんでくれたのである。

お滝という女がいったいなにものなのか、もちろん真吾に考える余裕はない。縄を切るのが先か、息が苦しくなり、水を飲みこんでしまうのが先か、真吾は必死になって手を動かした。

そして、ようやく縄が切れ、木箱の蓋が開くと、なるべく岸に近いほうへと浮上していったのである。

浮上してから、しばらく竪川を遡《さかのぼ》り、樽井屋のものでない舟を探した。

そして、猪牙舟を見つけると、小柄でもやいをとき、舟に乗った。

なるべく身を低くして、滑るように竪川を下っていく。樽井屋の船着場に人影はなく、真吾を乗せた猪牙舟は無事に通過した。

大川に出ると、斜めに下っていく。

ずぶ濡れだったが、樽井屋の前を通りすぎるまでは、あまり寒さを感じなかった。緊張が解けると、さすがに寒い。梅雨が明けたからといって、濡れた着物のままでいると、川風がきつく感じられる。

着物を脱ぐと、褌一丁になって、漕《こ》いでいく。

真吾は、猪牙舟を漕ぐのが、けっこう得意だ。

小さいころから、町方の子どもと遊んでいたのだが、その中に船頭の子もいた。そのおかげで、舟を漕ぐ手ほどきを受けていたのである。

永久橋《えいきゅうばし》の下をくぐって、八丁堀に入るまでは、ほんの半刻（約一時間）も要しなかった。

猪牙舟をもやって、着物をしぼった。

まだ水をふくんでいる着物を着ると、目についた自身番屋へと駆けこむ。

そして、南町奉行所の梅沢田之助の組屋敷はどこかと訊いた。

深夜なので、教えてよいものか迷っている番太郎に、いま報せなければ、たくさんの娘が売られることになると、大袈裟に脅すように迫る。

それが功を奏して、番太郎が組屋敷まで先導してくれることになった。

組屋敷のどこに誰が住んでいるのか、さすがに八丁堀の番太郎だけあって、頭にたたきこんであった。そのおかげで、すぐに田之助の組屋敷の場所が分かった。

戸口をたたいて、声をかけていると、屋敷の中で起き出す気配がした。

出てきた下男に、大変な事件が起きており、自分は千里堂の太吉の元で働いている者で、梅沢どのにぜひ聞いてもらいたいことがあり、それは急を要するというと、いったんひっこんだ下男は、すぐにもどってきて中へ入れてくれた。

通された座敷に、着替え終わった武士が出てきた。

目つきの鋭い、いかにも敏腕な同心が現れるかと思いきや、現れたのは、腹の突き出た太り肉《じし》の目が大きく丸く、きょとんとした面がまえの狸《たぬき》に似た武士だった。

「太吉というと、太一郎《たいちろう》のことか。あいつの元で働いているというから、てっきり町方の者かと思ったら、武士ではないか。珍しいな」

「はあ、いろいろとありまして。そうしたことはともかく、まずは、話を聞いていただきたいのですが」

真吾の言葉に、田之助はうなずいた。

廻船問屋の樽井屋が人買いをしているという話をすると、狸のような顔の目がぎらっと光った。

最後まで話を聞くと、

「承知した。なるべくすみやかに奉行に捕物出役を願いでよう。一網打尽《いちもうだじん》にするには、一刻も早いほうがよい」

田之助は、ただちに奉行にお目通りにいくといった。眠っているところを起こすことに躊躇《ちゅうちょ》はないようだ。それだけ、真吾をというより、太吉を信用しているのだなと、真吾は思った。

そして、自分を救ってくれたお滝という下女を、なるべく怪我をさせずに守ってやってほしいといった。

「承知した。ところで、見れば、濡れているではないか。着替えを用意させるので、それを着て、千里堂へ帰れ。万事、俺にまかせてくれ」

と、田之助はいった。

先に組屋敷を辞した真吾は、田之助が出かけるのを物陰で見届けてから、その場を離れた。

だが、このまま千里堂へ帰るつもりはない。

真吾は、また猪牙舟に乗った。

舟を漕いで、八丁堀から大川へ出ると、遡りはじめた。

遡るのは、かなり骨が折れる。舟を漕ぐのが得意だといっても、いつも漕いでいるわけではないので、腕が疲れてきた。

小名木川まで遡るのは諦め、大川を横切ると、上《かみ》ノ橋《はし》のあたりで岸に着けた。

そこからは、大川に沿って北上すること半刻（約一時間）もかからずに、樽井屋まで辿《たど》りつけるはずだ。

まだ暗いが、一番鶏が鳴き、朝の気配が立ちこめ始めていた。

真吾は、小名木川の川端を歩いていき、また、釣り道具屋の掘っ建て小屋の中へと入った。

樽井屋はしんとして静かだ。

真吾は、捕まったときに両刀を奪われているので無腰だ。

川端で、ちょうどよい棒切れを拾ったので、そんなものでもないよりはましだと思って拾っておいた。

子どもが剣に見立てて遊んでいたのだろうが、子どもには太すぎて長すぎるために、捨てられてしまったのかもしれないと、真吾は思った。

あたりが靄《もや》のかかったような薄明るさになったころ。

ギイギイと櫓《ろ》を動かす音が聞こえてきた。

一艘の屋根船が近づいてくる。

こんなに朝早く、まさか樽井屋目指してきた舟ではないだろうと、真吾は思っていたのだが……。

船頭が樽井屋の船着場に屋根船を着けると、舟の障子が開いて、恰幅のよい男が出てきた。

(金兵衛!)

真吾は、前日に人足らに采配を振るっていた金兵衛の顔と身体つきを覚えていた。

黒々とした髪だが、小鬢だけが真っ白なのだから、遠目でもすぐに分かる。

（妾宅《しょうたく》にいっているはずだが、やけに早いな）

真吾は、妙な不安を感じた。

金兵衛は、未明に嫌な夢を見て目を覚ました。どんな夢だったのか、すぐに忘れてしまったが、嫌な感じが残って、それから眠れなくなった。

（こんなときは、起きてしまって、早く帰るにかぎる）

金兵衛は、樽井屋でなにか不穏なことが起こっているような気がした。これは、いままで悪事を重ねながらも、生きのびてきた金兵衛の、悪党の勘のようなものといえるかもしれない。

妾宅は今川町《いまがわちょう》にあり、仙台堀《せんだいぼり》に面している。仙台堀から大川に出て、遡ってしばらくすると小名木川に達する。四半刻（約三十分）もかからずに戻ることができる。

金兵衛は、まず娘たちがいる牢を見にいった。かどわかした娘たちが捕らえられており、三日後には舟に乗せて他国へ売りさばく予定だ。

ひとり増えて四人になっている。為吉と広太がひとり増やすといっていた通りで、順調に売る娘は増えている。

だが、見張りの二人は、ひとりは額の生え際に瘤《こぶ》が出来、もうひとりは側頭部を腫《は》らしており、

「忍んできた浪人にやられやした」

といったから、顔色を青くした。

すると、番頭の勘蔵が牢にやってきた。

金兵衛が帰ってきた気配を察し、出てきたのである。あれから、寝間着に着替えずに横になっていたが、眠らなかったようだ。

「あの浪人は、近藤先生が捕らえまして。ほかに仲間もいないようだというので、川に重りをつけて沈めさせやした。それからなにも妙なことは起きておりやせん」

勘蔵の言葉に、金兵衛はひとまず安心した。だが、念のため、

「その浪人はたまたま、かどわかしているところを見ただけなのか。自身番屋に報せておいたということはないのか」

「猪牙舟を尾けてきたというのですから、追いかけるので精一杯で、その恐れはない

かと思いやす」

「そうか。だが、最初から、ここを見張っていたということはあり得んのか」

「だとしたら、自身番屋へ報せてから娘を救いにやってきたということになりますか。でも、外には、なにも不穏な様子がありません。そうしたことはなかったろうと思いやすが」

勘蔵の言葉に、金兵衛はうなずいたが、まだなにか胸につかえたような感を拭えない。

金兵衛は、首をかしげながら、

「ま、気にしすぎか」

とつぶやいて、妻の眠っている寝室へ向かった。

もうひと眠りするつもりだった。

朝の光が差してあたりが明るくなってきた。

真吾は、納屋の中から樽井屋の様子をうかがいながら、早く田之助や奉行所の捕り方たちがやってこないものかと焦《じ》れていた。

九

江戸の町の人々がそろそろ働き出そうという気配が漂い、川端の掘っ建て小屋にもそれは伝わってくるような気がした。

すでにかなり暑くなっており、掘っ建て小屋の中は、さらに蒸している。

(まだか……)

真吾が、額から流れた汗を手で拭ったときである。

ふと気づくと、屋根船が何艘も、樽井屋の船着場に近づきつつあった。

船着場に着くと、屋根船の障子が一斉に開き、捕り方たちが続々と飛び出てきた。

間を置かずに、樽井屋が騒然とした。

娘が捕らわれているので、不意をついて捕り方たちが表から襲ったようだ。

屋根船から出てきた捕り方たちも、裏から樽井屋へ殺到していく。

(娘たちは無事だろうな)

真吾は、居ても立ってもいられない気がしたが、いま樽井屋へ飛びこんでいったら、捕り方たちには、敵か味方か判じかねるだろう。いや、樽井屋の仲間と思われるのが落ちだと思い、逸《はや》る気持ちを抑えた。

するとX、樽井屋の勝手口のあたりから、猛然と飛び出てきた浪人が、捕り方たちを斬り捨てながら、船着場へと走ってきた。そのうしろには、金兵衛がついている。

巌次郎の凄まじい気迫に、捕り方たちは、怖気《おじけ》を感じているのか、腰が引けているようだ。

巌次郎と金兵衛は、もうすぐ船着場に達してしまう。

真吾は、たまらずに、棒切れをつかむと掘っ建て小屋から飛び出た。

猛然と、巌次郎と金兵衛に向かって駆けだした。

真吾の姿を認めた巌次郎は、驚愕の表情を浮かべたが、すぐにニヤリと笑った。

「しぶとい奴」

巌次郎の声が真吾に聞こえた気がした。

「うりゃあーっ」

真吾は、棒切れをかざしながら、巌次郎に向かっていった。

巌次郎も金兵衛を放って、真吾に向かって走り出す。

真吾の持っている棒切れを見て、巌次郎の顔に嘲《あざけ》りの表情が浮かんだ。

捕らえたときに、両刀を取り上げたので、そんなものしか持ってないのだろうという気持ちからだが、それは事実としても、そこに隙が生まれたのはたしかだった。

（棒切れごと、斬り捨ててやる）

巌次郎は、その太刀の鋭さ、速さ、そして、強さに自信がある。人並み外れた膂《りょ》力《りょく》があるおかげだ。

真吾は、刀の届く間合いに入る直前に、棒切れをまっすぐ巌次郎の顔に向かってつきつけるようにして投げた。

手を離れた棒切れは一直線に、巌次郎の顔に向かって飛んだ。

「しゃっ」

巌次郎は、飛んできた棒切れを横に払った。

すぱっと棒切れはふたつに切れて飛んだ。

転瞬、巌次郎の喉頸《のどくび》に、真吾が飛ばした小柄が突き刺さった。

お滝が真吾に手渡した小柄だ。

「う……」

声が詰まったまま、巌次郎の足がとまり、苦悶に顔がゆがむ。

喉に突き刺さった小柄を、巌次郎はひき抜く。

すると、鮮血が線となって吹き出した。

「がほっ」

口からも血を吐き出し、巌次郎は凄まじい目つきで真吾を見た。

なにかいおうとしたが、ごぼごぼと血が喉にあふれて声にならない。

真吾を斬ろうと刀を振りかざしたのだが、そこで力つき、巌次郎は、どおっと前のめりに倒れこんだ。

金兵衛は、巌次郎にかまわず舟に乗りこもうとしたのだが、もやい綱をほどく前に、捕り方たちに取り押さえられてしまった。


捕物出役で、樽井屋の者たちはすべて捕まり、牢に捕らえられていた娘たちも無事に救出された。

ただ、これまで売られた娘たちの行方は分かったとしても、他国ゆえに取り返すことは難しいようだ。

真吾を助けたお滝は、抵抗することもなく、真吾を助けたこともいわずに、捕まった。だが、田之助から奉行へ口添《ぞ》えがあり、刑は軽くなるだろうとのことだった。

お滝は、まだ十二のころに、樽井屋に奉公に出されて、下働きをしていた。そのうち、裏の人買いのことも知るようになったのだが、そのころには、手代のひとりと深い仲になっており、自分も加担するようになっていた。

だが、何年もつづけていると、根が正直で優しい性格なので、売られていく娘たちが不憫《ふびん》でならなくなった。

深い仲の手代は、流行り病で亡くなり、余計に樽井屋から逃げ出したかった。だがその勇気がなくずるずると今日にいたったという。

真吾は、田之助に頼みこんで、お滝に会うことができた。

牢役人の好意があってのことで、田之助の人望がうかがえる。

牢屋敷に入ると、真吾は、牢屋の格子越しにお滝と対面した。

「命を救ってくれてかたじけない。あなたは俺の恩人だ」

頭を下げる真吾に、

「そんな、もったいないからよしてくださいよ。あたしは、人買いの手伝いをやめたくてもできなくて、辛かったんですよ。そんなときに、あなたさまが捕まって川に沈められそうになったから、あたしは一世一代の賭けにでたんです」

「おかげで縄はすぐにほどけたぞ」

「そうでしょう。あたしは漁師の娘でね、いろんな縄の結びかたを知ってんですよ。強く縛っているように見せかけて、本当はすぐにほどけるように縛るなんて、お茶の子さいさいなんです」

お滝は、得意そうに微笑んだ。

「小柄も手に忍ばせてくれたが、ありがたかった」

「土間の近くに落ちてましたからね。役に立つと思ったんですよ」

「あれがなかったら、縄を切れなかった。水がすぐに入ってきて、溺れるところだったからな」

「泳げなかったら、どうしようかと気がかりだったんですよ」

「河童《かっぱ》ほどではないが、泳げてよかったよ」

「本当に」

お滝は、屈託のない笑顔を見せた。罰を与えられるのだが、もう悪事をしなくてよいことになって、心底ほっとしているようだった。

刑は軽くなるといっても、人買いの一味だったので、死罪は免《まぬが》れても、島流しになることはたしかだろう。お滝も覚悟しているようだ。

樽井屋の悪事を書いた読売は、捕物出役のあった日に作られた。

真吾は、まず包み隠さずに、太吉との約束を破って掘っ建て小屋を飛びだしたことから話した。

娘を助けようと飛び出して、逆に捕まってしまったとあっては、太吉にずいぶんと叱られることを覚悟していたのだが、なにもいわれなかった。

「まったくしょうがねえお人だよ」

といっていたのは、迷助で、

「そやそや」

と、豆作がうなずいていた。

あまり深くは考えずに、迷助に同調しているようだ。

調子のよい性格なのだろう。

絵師の漠仙は、我関せずで、辰蔵は押し黙っていた。

「命は大切にしてくださいよ」

話を聞き終わってから、太吉はぽつりといった。

「はあ、申し訳ない」

真吾は、素直に頭を下げた。

「大将に似ているよ」

無口な辰蔵がぼそりとつぶやいたのだか、あまりに小声だったので、誰もなんといったのか分からなかった。

読売を書く段になり、最初は、真吾の話を元に、太吉が筆を取ろうとしたが、

「志垣さん、書いてくれないか」

と、真吾にいった。

「え……いや、俺は読売をどうやって書いてよいか分からない。太吉さんの身体が辛いというのなら、迷助に頼んだらどうでしょう」

あわてて断ったのだが、

「迷助は、柔らかいものは上手いが、こうしたものは不得手でしてね。志垣さんなら書けると思うのですがね。それに、書いたものを手直しするのは、いくら弱っていても、わたしができますから」

太吉に、こういわれてしまっては、受けざるを得なかった。

これまでの読売を参考にしながら、用心棒部屋でうんうんうなって書き上げた読売は、太吉の赤い文字で散々直されたのだが、それを読むと、

「なるほど」

と、いうほど読みやすく、心躍るものになっていた。

真吾の書いたものは、やけにしゃちこばったものだったのである。

「ちぇっ、こんなに直すんじゃあ、最初から大将が書けばよかったんじゃないですかね。かえって身体に障《さわ》るってもんですよ」

迷助が、真吾の書いた赤字だらけの書き物を見て、莫迦にしたようにいった。

「用心棒は用心棒をしているだけで、ええのに」

豆作が、迷助に同意する。

「まあまあ、用心棒だけでは、退屈だろうからね。これからも手伝ってもらおうと思っているのだが」

太吉が取りなすようにいうと、

「大将も物好きでんな」

豆作が呆れたようにいった。

「そうそう。物好きにもほどがありますよ」

今度は、迷助が同意する。

真吾は、このやりとりを、襖《ふすま》ひとつ隔《へだ》てた用心棒部屋で聞いていて、穴があったら入りたい気持ちだった。

だが、しばらくすると、そのまますとんと眠りに落ちてしまった。

すでに夕刻で、前夜まったく眠っていなかった疲れが出たようだ。

千里堂の面々は、文字と絵を彫り、それを摺って、翌朝に売るために、夜っぴて忙しく働いていた。

真吾が起きたときは、すでに朝になっており、読売が出来上がっていた。

その読売は、飛ぶように売れた。

あっというまに、すべて売り切れて、昼餉どきに太吉は大入袋を皆に配った。

「俺は、読売作りには、まったく力になっていないので……」

真吾は、大入袋を受け取ろうとしなかったのだが、

「なにいってるんです。志垣さんが見聞きしてこなかったら、いや、志垣さんの働きで捕物があったのだから、受け取っても、誰も文句はいいませんよ」

太吉の言葉に、皆、うなずいた。

「では……」

真吾は、渋々受け取った。

「さて。これでゆっくりと眠ることができるぞ」

太吉は大きな欠伸《あくび》をした。それが伝染し、千里堂の面々は、しっかり眠った真吾をのぞいて、つぎつぎに大欠伸をした。

真吾は、成りゆきで読売を書いたのだが、その読売が摺られて多くの人が読んだと

思うと、身体のどこかが熱くなった。

それは高揚感だった。剣客として闘った相手に勝ったときとは、まったく違うし、はるかに微々たるものだったが、いままで味わったことのないものだった。

第三話　疾風小僧《はやてこぞう》

一

暑い夏の日々がつづいている。

真吾は、長谷川町の千里堂の用心棒として、寝起きしていた。

迷助や辰蔵、豆作、そして漠仙とは、たまに話すぐらいで、未《いま》だに隔《へだ》たりを感じている。用心棒というのは、読売作りの仲間とは見なされないのだろうなと、真吾は思った。

真吾は、病み上がりの太吉と将棋《しょうぎ》をするか、千里堂の裏で剣の稽古をしていた。

剣の稽古でも、型をなぞるのなら声は出さず、剣を振るう音もほとんどしないのだが、素振りとなるとそうはいかない。

「たあーっ」

「とおりゃーっ」

熱を帯びれば帯びるほど、大きな声が出る。

嫌でも千里堂の面々の耳にも聞こえることとなり、

「志垣さんは、やっぱり剣の道を極めたいお人でんな。いずれは、ここを出ていきなはるに違いおまへん。千里堂は腰掛けって寸法でっしゃろ」

豆作は、面白くなさそうにいった。

「そうなんでしょうねえ」

迷助がうなずく。

「だいたい、千里堂に最初にきはったときは、いい加減なことを書いてと怒鳴りこんできたんでっしゃろ。読売なんて莫迦《ばか》にしてるのとちゃいますか」

豆作は、嵩《かさ》にかかっていう。

「いまは莫迦にしているようではないですがねえ」

迷助が庇《かば》うが、

「わてはそうは思いまへん」

豆作は、あくまでも真吾に不信感を抱いているようだ。

商人が幅をきかせる上方育ちのせいか、将軍のお膝元である江戸の者よりも、剣客に対して畏敬の念を持っていない節があるようである。

太吉や千里堂の面々は、このところ、少し表情が暗い。

萬福屋に、売れゆきで負けているのである。

萬福屋は、千里堂に面目《めんもく》を潰《つぶ》されてから、勢いがめっきりと落ちてしまったが、それが疾風小僧《はやてこぞう》の読物を載せてから、また売上が増してきたようなのだ。

疾風小僧とは、このところ巷《ちまた》を騒がせている盗人《ぬすっと》で、盗んだ先に、

「疾風小僧参上」

と、墨痕《ぼっこん》鮮《あざ》やかに書いた紙を貼りつけていく。

さらには、大店《おおだな》ばかり狙《ねら》い、身代《しんだい》を危うくするまでの盗みはしない。

そこが、江戸の町の人々のあいだでは、評判を呼んでいる。

この、ちかごろ売り出しの疾風小僧の盗みに乗っかり、読売を売っているのが萬福屋なのだが、これがあざといのである。

たとえば、疾風小僧が三軒目に現れたときの読売には……。

「疾風小僧は、目が血のように赤く、毛むくじゃらで、一目見た者は、あまりの恐ろしさに気を失うという。この疾風小僧、飛騨《ひだ》の山中で、千年生きた山猿に育てられた半分獣、半分人の、いまわしき物の怪《もののけ》にして……」

などと書かれ、いかにも恐ろしげな半獣半人の姿形をした者の絵が添《そ》えて描かれてあった。

これは、疾風小僧のことを直《じか》に見た者から聞いたと書いてあった。

「これは、本当でしょうかね」

迷助が萬福屋の読売を差していった。

千里堂の面々が太吉の部屋に集まって、車座になって話し合っている。

真吾は、加わる必要はないと思ったが、太吉にいてくれといわれ、ひとり座から離れて壁の前に座っていた。

「どうだかな」

太吉が眉《まゆ》をひそめていった。

「いい加減なことを書いているに違いありませんよ、まったく」

迷助が決めつけるので、

「あんたはんが調べてみたらどないでっしゃろ」

豆作が迷助にいった。

「い、いえいえ、こういうのは早耳に調べさせたらいいんですよ。ねえ、大将」

「そんなことをいって、お前は身体を動かすのが面倒なだけだろう」

絵師の漠仙が、髭《ひげ》をしごきながらいう。

「な、なんということを。こうした話は、あたしの不得意とするところなんですよ」

口をとがらす迷助に対して、漠仙はにやにやと笑っているだけだ。

「志垣さんに調べてもらったら……」

珍しく辰蔵が口を開いた。

「えっ……」

迷助と豆作が、顔を見合わせ、つぎに真吾を見た。

ほかの皆も真吾を見る。

「お、俺は、用心棒だが……」

蚊帳《かや》の外と思いきや、いきなり振られたので、真吾は驚いた。

「このところ、なにも危ないことは起きていないし、人に恨《うら》まれるようなものも書いていないから、志垣さんに、気晴らしをかねて調べてもらいましょうか。ただ、志垣さんさえよかったらの話ですがね」

と、太吉にいわれてしまったら、真吾に否《いな》やはなかった。

事実、千里堂にずっと居つづけるのも辛《つら》くなっていたのである。

影山道場に戻るつもりはないので、師範になる道を進むには、ほかの道場へ入らねばならない。だが、そうなると、いきなり師範代となって報酬をもらうのは無理だろうから、たつきを立てる術《すべ》がないのだ。

当分、用心棒をして金をためようと思っていたのだが、外へ出て調べる仕事もしてみたい気になった。

それに、樽井屋のことを書き、それが読売になったときに感じた高揚感を思い出し、やる気が出てきた。

「どうせなら、こちらでも疾風小僧についての読売を出せるほど、調べてもらえませんか」

太吉の言葉に、真吾はうなずいた。

ほかの皆も反対する者はなく、翌日から真吾は昼間は用心棒をせずに、疾風小僧について調べることとなったのである。

真吾は盗みに入られた商家の人々に聞きまわったのだが、萬福屋の読売に書いてあったような疾風小僧を直に見た者などいなかった。

疾風小僧には、貼り紙のほかにもうひとつ特徴があった。

戸口も障子も、簞笥《たんす》や文箱の抽斗《ひきだし》も、入る前と同じくきちんと閉めておくことだった。さらに、朝になってから拭いておこうと女中がそのままにした板の間の汚れが、疾風小僧が入ったあとに綺麗になっていたこともあったという。疾風小僧は、わりと几帳面《きちょうめん》なたちらしい。

三日後、また疾風小僧が現れたときの萬福屋の読売には……。

「日本橋岩本町《いわもとちょう》の呉服屋へ忍びこんだ疾風小僧は、ましらのごとくに素早く走り飛び、用心棒の一刀流《いっとう》免許皆伝《めんきょかいでん》の剣士を歯牙《しが》にもかけずに、あざ笑って去っていった」

などと書かれてあった。

呉服屋は成瀬屋《なるせや》といい、真吾は萬福屋の読売を持ってたずねていった。

「この読売は、いい加減なことばっかり書きよって。あなたさんも、同じ穴のむじなではありませんか。そんなら、お話しするのもお断りですよ」

少し、上方の訛《なま》りが残っている番頭が、真吾が萬福屋の読売を見せた途端、まくしたてた。

「一刀流免許皆伝の剣士というのは、どこのどなたなのだ」

「一刀流じゃなくて、まにわなんとかいう流派ですわ」

「……それは、馬庭念流《まにわねん》のことか」

「はいはい、そんな名前の流派です。後藤田《ごとうだ》先生っていわはるんですが、もうえらい怒ってはりまっせ」

話すほどに上方訛りが強くなってきた。

気が高ぶると、そうなるようだ。

落ち着かせて、ゆっくりと話を聞くと、疾風小僧が忍びこんだことは、朝になるまで気がつかなかったのだそうである。

成瀬屋の一室で、憮然《ぶぜん》として腕を組み、座っている後藤田という用心棒に、真吾は会った。

番頭は怒っていたというが、怒りはかなりおさまっているようだ。

「わしも迂闊《うかつ》だった。まさか、盗人が入るとは思っていなかったのでな。それに、盗人を捕まえるのは、そもそもわしの任ではなかったのだ」

「というと」

「店の前で大声を上げたり、無理矢理押し入って主人に文句をいおうという輩がおる。それを追い払うのが、わしの役目だ」

「なぜそのようなことに」

「それはだな……」

後藤田は、声を急にひそめて、

「ここの反物《たんもの》の一部が、上布といっているがそうではないのだ。高い金で買わされた客がだまされたことに気づき、怒って押しかけてくるのだ」

「そのために雇われたというわけなのですか」

「そうだ。だから、夜っぴて盗人が入らないようにするのは、わしの役目ではないのだ。しかも、疾風小僧を見てもおらん」

「では、萬福屋の読売は、出鱈目《でたらめ》だらけではないですか」

「そうだ。だから、わしは萬福屋へいった」

「文句をいいにですね」

「ああ」

「それでどうでした」

「どうもこうもない。多勢に無勢だ。くそっ」

後藤田は悔《くや》しそうな顔でいう。

真吾は、萬福屋の浪越と富樫の二人の用心棒を思い出した。

おそらく、あの二人に後藤田は、いいようにあしらわれたのだろう。

聞いているうちに、真吾の胸にも、萬福屋への憤懣《ふんまん》がよみがえってきた。

「おぬしも、読売だといったな。たしかなところを調べて書いてくれ」

後藤田の言葉に、真吾は、

「俺が書くわけではないが、本当のところを調べますよ」

といって、うなずいた。

二

真吾は、疾風小僧に盗みに入られた商家をまわった。

これまで入られた商家は四軒である。

四軒ともに、日本橋北にある。日本橋には、江戸における大店が揃《そろ》っている。だからだろうか。

まず、最初に疾風小僧が、名前の書かれた札を貼っていった店は、横山町《よこやまちょう》の金貸し治兵衛《じへえ》の店十徳屋《じっとくや》である。

治兵衛は、法外な利子をつけて金を貸す守銭奴《しゅせんど》のような男だった。

つぎに疾風小僧が出たのは、白壁町《しらかべちょう》の酒問屋節川屋《ふしかわや》だ。

酒に水を入れて嵩を増しているという悪い噂があった。

そして、三軒目が岩本町の成瀬屋である。

用心棒の後藤田がいったとおり、成瀬屋には、偽りの上布を売っていたという問題があった。

四軒目は、馬喰町《ばくろちょう》の大きな宿屋大駒《おおこま》だ。

大駒は、宿屋ぐるみで、お尋ね者を匿《かくま》っているという噂があった。

だから、この四軒とも、内情を知っている者たちは、疾風小僧に盗みに入られたことを、いい気味だくらいに思っていた。

真吾も、四軒の店の悪い話を知るにつれ、むかむかと怒りが沸き起こってきた。

(これをみな、読売に書いてもらいたいものだ)

千里堂に帰ったら、太吉に話してみようと思った。

萬福屋の読売では、盗みに入られた店の悪い噂については触れていない。疾風小僧の恐ろしさばかりを書き立てている。

真吾は、萬福屋も、盗みに入られた店の悪い噂を知っているはずなのに、なぜ書かないのかと首をかしげた。

(書いてしまうと、疾風小僧の怖さが薄れるからか……)

あくまでも疾風小僧を恐ろしい姿形の極悪人に仕立てておいて、それで読売を売ろうという算段なのだろう。

これは、いまのところ、功を奏しているようだ。

ほかの大手の読売屋は、あまり疾風小僧のことに触れていない。萬福屋に大々的に書かれているので、後追いをしても売れないと踏んだからのようだ。

そのことは、真吾が聞きこみにまわっているときに、偶然出くわした千里堂出入りの早耳の万作《まんさく》から教えてもらった。

早耳は早耳同士、情報を交換し合っているようだ。

真吾は、千里堂で用心棒をしているあいだに、何人かの早耳と知り合っていたのである。

万作は、たまたま顔を知っている真吾と出くわしたのであり、疾風小僧のことを聞きこんでいるわけではなかった。

「いまは、萬福屋しか追いかけていないと思っていたら、千里堂さんも追いかけてるんですかい。それにしちゃあ、まったく読売になってませんね。おっと、それより用心棒の志垣さまがなぜ聞きこみを」

万作は、不審そうに真吾にいった。

「千里堂には当分危ないことはなさそうだからな。俺は助っ人みたいなもんだ。萬福屋が嘘八百を書いていることが分かった。それと、盗みに入られた店に悪い話があることが分かったのだ」

「それを読物にしようってんですか」

「どうかな」

「そいつはいいと思いやすよ」

　万作は請け合ってくれた。

　真吾は、千里堂に戻って、四軒の大店のやってきたことを太吉に教えると、

「しかも、疾風小僧は、店がやっていけなくなるくらいの金は盗んでいないのです。いわば、お灸《きゆう》をすえたような按配《あんばい》なのですよ」

「お灸ですか。ほう……」

　太吉は、心を動かされたようで、

「では、疾風小僧がなぜ、そのような大店ばかり狙うのか、そこらあたりのことを推量して読物にするのはいいかもしれませんな」

「はたして、義賊《ぎぞく》なのかどうかは、まだ……」

「そうですね。あまり疾風小僧を持ち上げるのはよくないでしょう。それでですがね……」

　太吉は、真吾に向き直ると、

「また志垣さんが書いてみませんか」

「い、いや、俺は、あれだけ書き直されたくらいですから、遠慮します」

「書き慣れれば、直す必要もなくなるでしょう。調べた当人が書くと、なにかこう真

に迫ったものになるのです。最初からわたしが書いたのでは……なんというか、ぐっと迫ってくるものが薄くなってしまうと思うのです。ということで、ぜひに」

太吉に拝《おが》むようにいわれると、真吾は断りきれなくなった。

またも、うんうんうなって、その日のうちに書き上げた。

これもまた太吉に直されたが、前ほどではなくなっていた。

そして、この読物につける疾風小僧の絵は、漠仙に頼んで、黒い影の曖昧模糊《あいまいもこ》とした存在にしてもらった。そもそも正体が分かっていないのだから、こうするのがもっともよいと思った。

ただ疾風小僧と名乗っているのだから、風のようでなければと注文する。

漠仙は、黒い影が前傾姿勢で、疾走しているように描いてくれた。

(うむうむ、これだ)

絵をみて、うなずいていると、

「読売作りが楽しくなってきましたか」

太吉が笑っていった。

「え……ま、まあ」

真吾は、自分では意識していなかったのだが、太吉にいわれて、書くときは苦しかった反面、こうして少しずつ読売になっていくのを見ていると、楽しいものだと感じていることに気がついた。

深更《しんこう》に摺《す》り終わった読売を、真吾はなんども読み返し、

(これで、あの商家たちの悪事が暴かれて、溜飲《りゅういん》を下げる人たちも多いだろう)

胸がすっとするような気がした。

早朝、集まってきた売子ひとりずつに、真吾は読売の束を渡しながら、

「頼みますよ」

と、声をかけていった。

売子たちが出かけていったあと、真吾は様子を見に、両国の西広小路へ向かった。

その日はどんよりと曇《くも》った日で、あまり幸先《さいさき》がよい天気ではなかった。

読売はというと……。

「疾風小僧が盗みに入った店は、みんなあくどいことをやっているという噂だ。どんなことをやっていたのか、はたまた疾風小僧はどれほど盗みをしたのか、この千里堂の読売に書いてあるよ」

ひとりの売子の声が聞こえてきた。

「疾風小僧がどこの誰だってことは分かってねえのか」

通りすがりの男が売子に訊く。

「そこまでは、まだなんです」

売子の言葉に、男はふうんというと、買わずに去っていってしまった。

このように疾風小僧に焦点があっていないせいか、売れゆきは真吾が期待したほどではなかった。

その日の夕刻、真吾が物憂《ものう》げな顔で端座していると、太吉が入ってきて、

「今日の読売は、まあまあ売れたほうですよ」

といってくれた。

「できれば萬福屋の売れゆきにせまりたかったのですが」

真吾は、悔しそうにいう。

「そりゃあ無理ですよ。あれだけ、大袈裟《おおげさ》な嘘を並べたてたものに敵《かな》うわけがありませんよ」

太吉の言葉に、

「嘘に負けたわけですか」

「いや、そうともいえません。短いあいだでは、売れゆきが劣っているかもしれませ

んが、長い目で見れば、嘘を書いていない千里堂の読売のほうが人々も信じてくれ、そのあとは売れていくのではないかと、わたしは思っているのですがね」

太吉は、淡々とした調子でいった。

真吾は、その言葉に、太吉の信念を感じとった。

「おい、千里堂」

すると、外で大声がした。

なにごとかと、太吉が出ようとしたのだが、

「今日の読売に掛かり合うことのような気がしますので」

といって、真吾が出てみると、商家の番頭風の男と手代風の男が二人いた。

「なにか用ですか」

真吾が訊くと、

「読売にいい加減なことを書かれて、迷惑しているんですよ。あれで信用をなくしたらどうしてくれるんです」

「あなたがたはどこのお人です」

「節川屋ですよ。そこの番頭をしている戸吉《ときち》といいますがね」

「なら、酒の水増しのことは本当だと証言している人もいるし、お上に訴えないだけ

ましだと思うことですな」

「な、なに……」

戸吉は、気色《けしき》ばむ。

「帰ってください」

「……なにが起こるか分からないぞ」

「そのような脅《おど》しはいけないなあ。もし、破落戸《ごろつき》など雇って襲ってきたら、そのことも読売に書きますよ。その場合は、なるべく店の名前が出ないように用心してくださいよ。たいていの破落戸は、少し痛めつけたら、誰に雇われたかすぐに白状するもんですから」

「くそっ、覚えてやがれ」

大店の番頭らしくない捨てぜりふを残すと、帰っていった。

「志垣さん、なかなかやるじゃありませんか。破落戸がすぐに白状するもんだなんて、いままでもたくさんそのようなことがあったみたいなことを」

戸口の陰から見ていた太吉が、笑顔でいう。

「出まかせですよ。まあ、破落戸なんてそんなもんだろうと思ったのです」

押しかけて文句をいいにきたのは、節川屋だけだった。ほかの三軒も面白くないだろうが、押しかけてもしかたないと思っているのだろう。

三

疾風小僧が五軒目の盗みに入ったのは、それから三日後のことだった。前の盗みから四日後のことである。

盗みに入られた店は、瀬戸物町《せとものちょう》の小間物屋坂木屋《さかきや》である。

早耳が飛んできて、疾風小僧が現れたと教えてくれた。

「志垣さん、また頼みますよ」

太吉は、疾風小僧に関することは、真吾が調べると決めているようだ。

「用心棒は……」

「いまは辰蔵がいるから大丈夫です」

といってくれたので、真吾はすぐさま瀬戸物町へと向かった。

坂木屋は、すぐに目をひく大店だった。まだ役人の調べがあるようで、店の前には人だかりができている。

しばらく立って様子をうかがっていると、表戸から黄八丈《きはちじょう》の、一目で町奉行所の同心と分かる男が出てきた。

腹が突き出ており、目が大きく丸く、きょとんとした面がまえは狸《たぬき》のようだ。

南町奉行所の定町廻り同心の梅沢田之助だった。

うしろには御用聞きの男がくっついている。

田之助は、真吾を見て、

「おや、志垣どのではないか」

満面に笑みをたたえて、近づいてきた。

「捕物出役《とりものしゅつやく》は、もう半月前のことだな。人買いの一味を一網打尽にしたので、奉行所内で一目置かれるようになったのだ。これもみな、志垣どののおかげだよ」

「素早く動いてくださった梅沢どののおかげで、娘たちは助かったのですよ」

「そんな世辞はよいよ。ところで、千里堂の仕事で、疾風小僧が出たってんで、駆けつけてきたってわけかな」

「そうです。やはり、坂木屋に盗みに入ったのも疾風小僧ですか」

「そうだ」

「なにか変わったことはありませんか」

「別にないな。またいままでと同じく、疾風小僧参上と書いてある紙が貼ってあった。盗まれたのは金だが、帳場の金全部じゃないというのが、糞面白《くそおもしろ》くもない。いやな真似《まね》をするもんだ。盗人なら、有り金全部持っていけといいたいよ」

田之助は、苛立《いらだ》った声でいった。

「全部持っていったほうが、いいのですか」

真吾は、意外な言葉に驚いた。

「そりゃあ、盗人だからな。百両あるところを、三十両ばかり持っていっただけなんだよ。なんだか莫迦にしていると思わないかい」

「坂木屋を莫迦にしているのですね」

「それだけじゃないのだ。俺たち町奉行所の役人までも莫迦にしている気がする。だいたい、疾風小僧参上の紙にしても、早く捕まえてみろっていっているみたいで癪《しゃく》に障《さわ》ってしかたがない」

田之助は憎々《にくにく》しげに顔をゆがめた。

江戸の治安をまかされている町奉行の同心としては、当然の気持ちなのかと、真吾は得心した。

「坂木屋には、悪い噂があるのではありませんか」

真吾の問いに、

「うむ、どうやら盗人が盗んだ品を買いとって、高い値で売りさばいているらしい。疾風小僧も盗人なのに、妙な野郎だ。おっと、妙といやあ、もうひとつ……」

「なんですか」

「これまで四軒、ここで五軒、疾風小僧は盗みに入って、参上したという紙を貼っているんだが、紙の隅《すみ》に、小さく文字が書いてあるのだよ。それも数だ」

「数……」

「ああ。それが、五枚ともに違った数が書いてある」

「ほう。それにどんな意味があるのでしょう」

「さあてなあ……なにかのまじないじゃないかと思っているのだが」

「その書いてある数ですが、俺に見せてはもらえませんか」

「あんなもの見たって、読売の種にはならないよ」

「そうかもしれませんが、なんでも見てみないと気がすまないもので。それに、なにかその数に、疾風小僧の手がかりがあるのかもしれないじゃないですか」

「あるとは思わないがな」

「ともかく、見せてはもらえませんか」

真吾は、頭を下げた。

「うむ……ほかならぬ、志垣どのの頼みだからな」

田之助は少し思案して、

「よし。疾風小僧の貼り紙は、奉行所に置いてあるのだが、こっそり持ってこよう。与力も奉行も、一度見たら、二度も見る気がしないだろうし」

「恩に着ます」

「よしてくれよ。じゃあ、貼り紙は、明日にでも、まとめて伊勢町《いせちょう》の自身番屋に置いておくよ。俺の名前を出して名乗れば、見られるようにしておく」

「かたじけないことです」

真吾は頭を下げた。

田之助は、幼い頃に太吉と剣術道場で知り合い、意気投合したと前にきいた。太吉が竹馬の友といっていたくらいなので、田之助は太吉の元で働く真吾にも、なにかと親切にしてくれるようだ。

翌日、田之助のいっていた伊勢町の自身番屋へいき、名前を名乗って、田之助からなにか聞いていないかと問うと、

「これでございますな」

詰めていた番太郎が、風呂敷に包んであるものを取り出して、渡してくれた。

「この次の間でご覧になってください。外には持ち出してもらわないようにいわれておりますので」

「承知した」

真吾は、番太郎たちが詰めている座敷の次の間へ、風呂敷包みを持って入った。

自身番屋は、細長い作りになっている。

町役人や番太郎が詰める座敷の次に、いま真吾がいる座敷、そして、その次は格子戸のついた板の間になっており、一時的に罪人を鎖につないでおく場所である。いまは、誰もいない。

番太郎に見られてもいけないわけではないが、座敷のあいだの襖《ふすま》を閉める。

風呂敷包みをほどくと、五枚の掛け軸ほどの大きさの紙が畳まれて入っていた。紙の上には、半紙が一枚ずつ載っており、そこに盗みに入られた店の名前が書いてあった。これは、田之助か誰か奉行所の者が書いたのだろう。

半紙が取れて分からなくなるといけないので、貼り紙の右上の隅に、一枚ずつ、一から五までの数字が一つずつ書いてあり、半紙の右上隅にも同じように数字が書いてある。これは、盗みに入った順番をも意味しているようで、これも奉行所の者の手によるもののようだ。

貼り紙には、どれも同じような筆遣いで、

「疾風小僧参上」

と、書いてある。

そして、左下の隅に、なるほど文字が書いてあり、すべて数字である。

「一枚目は、十徳屋で、数は……か」

真吾は、懐《ふところ》から用意していた矢立と紙を取り出し、紙の左下隅に書いてある数字を、盗みに入られた店の名前とともに、書いていった。

すべて写し終わると、貼り紙と半紙を揃えて、風呂敷で包み直した。

番太郎に礼をいって、風呂敷包みを渡して外へ出た。

(まじないだろうと、梅沢どのはいっていたが……)

だとしたら、どのようなまじないなのか……はたまた、まじないでないとしたら、いったいなんの数字なのかと、真吾は思案した。

(ともかく、ゆっくりと思案してみよう。これは、ひょっとすると、疾風小僧に辿りつくための、大きな手がかりになるかもしれない)

真吾は、逸《はや》る気持ちを抑えて、千里堂への帰途を急いだ。

四

千里堂に戻ると、太吉は出かけていた。

自分の部屋で、数を書いた紙を前に、

「うーむむ」

真吾がしきりにうなっていると、階段を降りてきた迷助が、

「大将は、お秋ちゃんと出かけましたよ」

と、いって紙をのぞきこんだ。

「ぎょぎょ、それはいったいなんですかい」

興味をそそられたのか、ぺたりとその場に座りこんだ。

一度、早く帰るといった約束を破ってから、迷助は真吾に冷たかったのだが、退屈が極まっていたようだ。

真吾の説明を聞くと、

「へえ、これが盗んだ店にねえ……ほうほう……ふむふむ」

しきりに首をひねっている。

真吾は、なんとかこの数字から、疾風小僧に関する手がかりが得られないかと思っているのだが……。

五枚の貼り紙に書かれた数字は、以下のごとくだ。

一枚目、横山町の十徳屋に貼られていた紙。
六三　三二　二一　十一　八一　である。

二枚目、白壁町の節川屋に貼られていた紙。
五一　九三　三四　八一　である。

三枚目、岩本町の成瀬屋に貼られていた紙。
一五　一五　二五　七一　である。

四枚目、馬喰町の大駒に貼られていた紙。
三一　二一　二二　八一　である。

五枚目、瀬戸物町の坂木屋に貼られていた紙。

八一　七一　一五　八一　である。

「この五枚のうち、四枚の最後の数が同じく八一。これは、なにを指しているのかだが……」

それが分かると、一挙にこの数字の謎が解けそうな気がする。

「なんで、こんなものを疾風小僧は、書いておいたのでしょうねえ」

迷助が、のぞきこんでつぶやいた。

「南町奉行所の同心、梅沢田之助どのは、なにかのまじないではないかといっていたのだが」

「へえ、そうなんですかい。数にはなにか力があるっていうから、そうなのかもしれませんねえ。呪いだったら怖いですよお」

迷助は、ぶるるっと身体を震《ふる》わせた。

「語呂《ごろ》合わせでもないし……いい加減に並べたとしか思えないのだが」

真吾は、ふっと溜《た》め息をついた。

「さっぱり分かりませんねえ。暗号みたいだ」

迷助は、渋《しぶ》っ面《つら》になっていった。

ただ、この迷助の言葉が、真吾に閃《ひらめ》きをもたらすことになった。

(暗号か……暗号というのは、数字がほかのなにか別のものを指しているということか。数は、なにを指しているのだ……)

身のまわりのものを思い浮かべてみるが、駄目だ。

(最後の二つの数字が、五つのうち四つ同じだ。これは……)

「最初のやつは……六十三歩歩いて、三十二歩横に、そして二十一歩下がって……なんて、こたあないですよねえ。しかも、どこから歩き始めるか、分かりはしないときたもんです」

迷助は、迷助なりに考えているのか、こんなことをいった。

「双六《すごろく》のようなもんだというのだな」

真吾は、なにか頭の中でひっかかった。

「でもですね、双六なら、出発の場所がはっきりしているでしょう。これには、そんなのがないですからね」

「出発の場所が、この貼り紙の貼られた店というのは、どうだろう。最初のは、治兵衛の店十徳屋だ」

「そこから次の節川屋までの歩数ってことですかい」

「十徳屋から六十三歩では短すぎるから、六十三間として、どちらにいくかというと……えーと……」

真吾は、頭の中で、横山町の十徳屋と白壁町の節川屋の場所を思い浮かべて、この数が道筋に上手《うま》く当てはまるのかどうかを考えてみた。

これは、絵図を持ってこなくても、見当違いのようだ。

「……この数で、節川屋までの道筋を表しているとは、到底思えないな」

真吾は肩を落としたが、

「つぎの店への道筋ではなく、ただ、つぎの店を指している数だとしたら……」

この思いつきも、まんざらではなさそうだと真吾は感じた。

「つぎの店を指している数って、なんのことですかいな」

迷助は、首をしきりにひねっている。

「さあ、なんのことだろうな。なんだか、よい思いつきのような気がしてるんだがなあ……」

真吾は、立ち上がると、部屋の中をぐるぐると歩いてまわり始めた。

「あらあら、落ち着いてくださいよ」

迷助がいうのも聞かずに、真吾はまわりつづける。

そして、はっとした顔になり、急に足をとめた。

「武家には、どのような武家がいるのかを書き連ねた武鑑《ぶかん》というものがあるが、江戸の町の店を書き連ねているようなものはないかな」

迷助に訊く。

「さあ、そんなのは知らないですねえ。評判の店を選んで書いてあるものはあると思いますがね。それがどうしたんです」

「この数は、そんな書物の何枚目かを指しているのではないかと」

「ほう、それは面白い目のつけどころです」

迷助が感心したのも束の間、

「六十三枚目の三十二行目の二十一字目……いや、数はもっとあるのだから、これは違うな……」

真吾自身が、打ち消した。

「なんだか莫迦らしくなってきましたよ」

迷助は、一緒に謎解きをするのも面倒になったのか、大欠伸《おおあくび》をして、こともあろうか横になってしまった。

「ここで気になるのは、やはり最後の二つの数が五枚のうち四枚が同じで八一ということだが……」

真吾は、迷助にかまわずに、ひとりでつぶやいていたが、

「ひ、ひょっとすると……」

いきなり文机の前に座ると、半紙を広げ、筆に墨《すみ》をつけて、なにやら書き始めた。

一心不乱に書いているのを見て、迷助が再び興味を示す。

「なにをしてるんです」

起き上がって、真吾の手許をのぞきこみ、

「なんだ、手習い所のおさらいじゃありませんか。なにをするかと思いきや、いきなり童《わらわ》に戻ったのですかねえ……」

呆れた顔になる。

それもそのはず、真吾は半紙に、

「あ、い、う、え、お、か、き、く、け、こ……」

と、平仮名を書きつらねていたからである。

「出来た」

真吾は、書き終えてひと息つくと、

「これで当たっていてくれ」

祈るようにつぶやいた。

「なにが当たってるってんです」

迷助が顔をしかめた。

今度もまた、見当外れなのだろうと、皮肉な笑みが顔に浮かんでいる。

「まず、六だ……」

ぶつぶつと口の中で真吾はつぶやき、

「いや、違う。それよりも、最後の二つの文字が先だ。八と一……うーむ」

しきりに試行錯誤していたが、

「そうか。行の頭を数えていけば、八は『や』だ。『や』は『や』の行の一番目じゃないか。一番目は一だ。一だ！」

真吾は、ほとんど叫び出した。

「頭がおかしくなったんじゃないですかいな」

迷助は、いくぶん怯《おび》えた顔で真吾を見た。

それから真吾は、ぶつぶつと数を数えながら、夢中になってなにごとかやっていたが……。

「分かった！　これは、やはりつぎの店を指していたんだ。そして、つぎに盗みに入る店のことも分かったぞ」

真吾は、迷助の手をとらんばかりにしていった。

「ほう、そうですか。それはよかったですね。頭のほうも無事ですかな」

迷助は、真吾の様子を不気味そうに見ていた。

「なにいってんだ。いいか……」

真吾は、嬉々《きき》として、迷助に数がなにを意味しているのかを語りだした。

五

「この数は、くっついている数字、つまり二つの数字が一組で、平仮名の五十音のうちの一文字を指しているのだよ。いいか、『あ』行が一、『か』行が二とする。最初の八というのは、八行目だから、『や』行だ。そして、対になっている一は、一文字目を指すから『や』となる」

「ふむふむ『や』ですね……ん？　それがどうしたんです」

「この『や』は、五軒のうちの四軒の貼り紙にあった」

「『や』がつくのが、四軒……そうか！　屋号の『屋』なのですね」

迷助は、ぽんと手を打った。

十徳屋、節川屋、成瀬屋、坂木屋と、四軒の店の名前に『屋』がつくのである。

大駒だけは『屋』がつかない。

「最初の貼り紙の数は、六三、三二、二一、十一、八一、だ。いまのように、数えていってみると、まず六行目の『は』行の三番目の文字は『ふ』だ。つぎに三番目の行の『さ』行の二番目は『し』だ。そして、二行目の『か』行の一番目は『か』だ。十行目の一番目は『わ』で、八行目の一番目が『や』だから、つづければ」

「ふ、し、か、わ、や……節川屋だ」

迷助も目を見張った。

「十徳屋の貼り紙に、つぎに盗みに入る店は、節川屋だと書いてあったのだよ」

「す、すると、節川屋に貼ってあった紙には……」

「同じように、やっていくと……成瀬屋ということになる」

「本当だ。そして、成瀬屋のつぎは大駒だ。屋がつきませんね」

「大駒に貼ってあった紙には坂木屋を示す数が書かれてあった」

「坂木屋の貼り紙の数は、八一、七一、一五、八一、ですね」

「やまお屋……ということになる」

「そ、そうですね」

ここへきて、迷助もはっきりと分かった。

「つぎに入る店がやまお屋というのは分かりましたがね、それはいったいどこにあるんでしょうね」

迷助の問いに、

「やまお屋なんて、そうざらにはない名前の店だから、調べてみれば、苦もなく分かると思うのだが」

「それから、いつ盗みに入るのです。そこまで分かりますかい」

「これまで、たいてい、四日から六日のあいだを空けて盗みに入っている。これはばらばらなので、決まってはいないと思うのだが……最後の坂木屋への盗みが昨日だったから、いまから三日後から注意しないといけないな」

「このことを奉行所には伝えるんですかい」

「どうしよう……」

真吾は、そこまでは考えていなかったので、しばらく思案したが、

「役人には伝えずに、一度、疾風小僧に会ってみたいな」

「げっ、な、なんでそんなことを」

「なぜ、裏であくどいことをしている店ばかり狙い、しかも、店の仕事に障りのないほどの金を盗み、そして、このような数で、つぎの店をわざと示しているのか。数は、この謎を解いてみろという謎かけだったのかと訊いてみたい」

「お上を莫迦にしてるんでしょうよ。志垣さんひとりで会うのは、危ないからおやめなさいよ」

「俺は、どうしても、直に訊いてみたいんだ。それに、綺麗好きで几帳面というのも、とかく野卑《やひ》だと思われる泥棒にしては面白い。読売の種にもなりそうだ」

「でもねえ……大将は、やめろというでしょうが」

「そうだな。だがそれは、俺の身を案じてのことだろう。でも、俺はぜひとも、疾風小僧に会ってみたい。萬福屋に描かれているような獣のような者ではないことをたしかめたいのだ」

「そ、そりゃあ、あたしも本当のところを知りたいですけどね……でも、勝手なことをしちゃあいけませんよ。なにせ、あんたは新参者なんですから。しかも、ただの用心棒で、読売作りの助っ人をしているだけなんですからね」

迷助は口角泡《あわ》を飛ばしていった。

「それをいわれると弱いが……」

　真吾は折れて、太吉が帰ってきたら、訊いてみるといった。

　娘のお秋と八幡さまにお参りをしてきたといって、太吉が帰ってきたのは、夜になってからだった。

　太吉は、真吾の話を聞くと、しばらく腕を組んで考えていたが、

「どうしてもやりたいのですな」

　と、訊いた。

「はい。疾風小僧というのは、さほど危ない者ではない気がするのですよ。それに、こういっちゃあいけないのでしょうが、役人に捕まえてもらいたくはない気もするのです」

「ほう、盗人の肩を持つとは、志垣さんらしくないですな」

「盗みよりも、あくどいことをしていた店のほうが、俺には憎いです。なにをやっていたのか知って、疾風小僧がやらなかったなら、俺が懲《こ》らしめてやりたいと思いましたよ」

　あくどい商家のことを考えると、真吾の身体が熱くなってきた。

「まあまあ、落ち着いて。分かりました。危ないと思ったら、すぐに逃げること。これを守ってくださいよ」

「はい。かたじけない」

真吾は、嬉しそうに何度も頭を下げた。


やまお屋がどこにあるのか、これまで日本橋界隈《かいわい》の店ばかりだったので、日本橋に絞って、早耳の万作に訊いてみた。万作は飴《あめ》売りだ。すると、

「やまお屋ってえのは、鉄砲町《てつぽうちよう》に一軒、駿河町《するがちよう》にもう一軒あるはずですよ。鉄砲町のが山尾屋《やまおや》で生薬屋です。駿河町のが山緒屋《やまおや》で塩問屋だったかと思いやす」

さすが、江戸の町を流している飴売りである。すぐさま応えてくれた。

「そのうち、よくない噂のあるのはどちらだい」

「それなら、鉄砲町の生薬屋山尾屋でしょうか。とはいっても、効かない薬ばかり売っているってえ噂があるくらいですがね」

万作のいうことの裏づけをとるために、真吾は両方の店の近くで聞きこみをした。すると、万作のいうとおり、鉄砲町の山尾屋は評判が悪く、駿河町の山緒屋に、悪い噂はなかった。

数の謎解きをしてから、二日が過ぎた。

三日後から、盗みに入りそうだという真吾の推量だ。早速、真吾は、三日後の夜から、山尾屋の張りこみをすることにした。

酔っぱらいが、千鳥足で往来をやってくるのを尻目に、真吾は、山尾屋と往来を挟んで真っ正面にある小間物屋の軒下《のきした》にひそんだ。そこからだと、山尾屋の表戸と、裏の勝手口のある路地が見渡せる。

最初の夜は雲が多く、月をさえぎりがちで、山尾屋は闇《やみ》に沈んでいた。盗人が入るには、絶好の夜に思えたのだが、ついに朝までに怪しい人影は現れなかった。

山尾屋は、古びてはいるがしっかりとした建家で、かなりの老舗《しにせ》だろう。

千里堂に戻って日中に眠ると、夜になって、また山尾屋へ向かった。

このところ、用心棒とは名ばかりで、読売屋になってしまっているようだ。

（ひょっとして、太吉さんは、俺を読売屋にしたいのか……）

ふと、そんな考えが頭をよぎった。

これまでのことを思い合わせると、どうもそのような気がする。

前夜と比べて、月をさえぎる雲はなく、皓々《こうこう》とした月の明かりが、山尾屋を照らしている。

夜も深まり、店のまわりはしんとして、ときおり風が吹き、どこかの建てつけの悪い板戸をばたばたとさせるほかは、いたって静かである。

軒下にひそんでいた真吾は、ふと足音を聞いた気がして、耳を澄ませた。

ひたひたと、たしかに人の足音がし、近づいてくる気配がする。

真吾は、自分の着物の衣擦《きぬず》れの音も気にして、ゆっくりと顔をめぐらせて店のまわりを見た。

すると、月の光に黒い人影が、音を立てていないのに、かなりの速さで近づいてくるのが目に入った。

黒い単衣《ひとえ》に、袴《はかま》も黒い。そして、黒い頭巾《ずきん》を被っているようだ。

山尾屋の表戸の前にきて、店を仰ぎ見ると、脇の路地に入った。

月は中天にはなく、傾いている。そのせいで、路地の中はぼんやりと見える程度である。

人影は、山尾屋の塀《へい》にとりつこうとして、腰をかがめた。

真吾は、軒下から出ると、路地口まで走った。

真吾の気配に気づき、人影は動きを止めた。

一瞬、真吾と人影は、暗い路地でにらみ合う形になる。

とはいっても、真吾には人影の顔は見えず、その輪郭だけがかろうじて分かる程度だ。人影のほうは、路地口に達している月の光のおかげで、真吾の顔は見えずとも、姿形の輪郭はくっきりと見えているはずである。

「お前は、疾風小僧か」

真吾が問いを発すると、人影は背筋を伸ばして、身体の向きを真吾のほうへ変え、

「そうだ。あんたは誰だい」

押し殺したようなかすれた声で応える。かなり高い声だ。

「俺は、ただの読売屋だ。だが、この店が、いくらあくどいことをしているとしても、盗みをするのを黙って見ているわけにはいかない。だから、それをとめるためと、そして、お前に訊きたいことがあって呼びとめたのだ」

「ふん。それでも盗みに入るといったらどうする」

「大声を上げてやるぞ」

「それは困ったな。じゃあ、あんたを始末してから盗みに入るというのはどうだ」

疾風小僧は、腰に手をやる。長刀を差しているようには見えないので、脇差《わきざし》を差し

ているのだろう。

「俺は、読売屋だが、強いぞ。中西派一刀流影山道場で師範代までつとめたのでな。免許皆伝の腕前だ」

真吾は、大袈裟なことをいった。免許皆伝ではない。

真吾の言葉に、疾風小僧は小さく笑い、

「おお、怖いこわい。ならば、盗みはやめるとしようかな」

腰にやった手を元に戻し、

「だが、なんで、ここに盗みに入ると分かったのだ」

「お前の残した貼り紙の隅に書いてあった数からだ。謎を解くのに苦労したぞ」

「ほう、そりゃあ大したもんだ。謎を解くのは、奉行所の役人だろうと思っていたが、読売屋がねえ。どうやって、貼り紙の数を知ったんだい」

「なに、奉行所に知っている者がいるのだ。その人には悪いが、お前にぜひ会って訊きたいと思ったのだよ。なあ、聞かせてくれ」

「なんだい」

「うしろで汚いことをしている商家ばかりを狙うのは、義賊を気取っているのか。それとも、ほかになにか目的でもあるのか」

「ふん、そんなことか」

「それと、なぜ、あのような謎かけをしたのだ」

「それを読売に書く気かい」

「それは……お前の話次第だ」

「面白かったら書くというわけか」

「うむ、だが、それだけではない。書いて人に読ませるだけのものなら書く。人に読ませるに値しないものなら、書かない」

「へっ、気取ってらあ。おいらのことを獣のようだと書いたのは、あんたじゃないのかい」

「違う。あれは萬福屋という売らんかなの読売屋のものだ。俺は、千里堂という読売屋の者だ」

「ふうん、読売屋の名前なんかどうでもいいけどよ。おいらが獣じゃねえってことは、書いてもらいたいもんだぜ」

疾風小僧は、どうやら話す気になったらしい。

あたりを見まわして、

「ここじゃあなんだと思ったが、場所を変えるのも面倒だ。ここで話してやるぜ」

疾風小僧は語りだした。

六

「おいらは、世の中のこすからい奴らが大嫌いなんだ。これまで盗みに入った五軒の店と、この生薬屋山尾屋も同じことだよ。こんな奴らがいるかぎり、おいらは盗みに入るぜ」

「だが、お前のやっていることは、嫌がらせだな。店が傾くほどの盗みはしていないようだ」

「ふん。鬱憤《うっぷん》を晴らしているだけといいたいのだろう。それでもいいが、世の中を騒がせてみたい気もあったのさ。町のあちこちで疾風小僧の話をしているのを聞くと、わくわくするぜ」

「どうやって、こうした店のことを知ったのだ。悪い噂は立っているようだが、近くに住んでないと分からない場合もあるだろう」

真吾は、自分の足で五軒の店のまわりを歩きまわり、聞きこんでいた。だから、悪い噂が立っていることが分かったが、ただ通るだけなら分からない。

「おいらの耳は地獄耳なんだよ。ひとつ教えてやろう」

「なんだ」

「この生薬屋だがな、南蛮《なんばん》渡来の阿片《あへん》を売っているよ」

「なに！　それが本当だとしたら、大罪ではないか」

「そうだよ。だからさ、あんた、読売にそのことを書いてくれねえかな」

「本当ならだが……その証拠がない。いい加減なことを、俺は読売には書きたくないんだ」

「だが、噂だけでも立てば、山尾屋も阿片を売るのを控えるだろうぜ。まあ、ほとぼりが覚めるまでだろうが」

「俺が、ここでお前を呼び止めなかったら、この店に入って、ただ金を盗むだけのつもりだったのか。阿片をどうこうしようと思っていたのか」

「見つけようと思っていたさ。それを奉行所に送りつければ、山尾屋にお上の手が入ることだろうよ。そしたら、山尾屋の悪事も大っぴらになるところだったんだけどなあ……」

疾風小僧は、いかにも無念そうにいう。

「それはお前のやることではないだろう。俺が、奉行所の役人に伝えといてやる。それより、もうひとつ訊きたいことの応えがまだだ」

「謎かけのことかい」

「そうだ。あんなに手のこんだことをしたわけはなんだ」

「ただ盗みに入るのも面白くないだろう。お上の連中に、あの謎かけが解けるかどうか、ためしてみたかったのよ。だが、お上ではなく、読売屋のあんたが解いちまうとは驚いたぜ」

「お上だったら、もうお前は捕まっているところだぞ」

「そうかもしれねえが、そんなことはねえ。お上なら、何人もで張りこんでいるはずだ。それなら、おいらにも気配が分かるってもんだ。あんたひとりだけだったから、おいらの勘も働かなかったんだろうぜ。それに、あんた、自分でいっていたとおり、かなりの腕前だな。おいらが感じなかったくらいに気配を殺してるんだからさ」

「それだけの自信があるということは、お前もかなり修行を積んだ者ということか」

「そうだよ。おいらも、けっこう自信はある」

「剣術か」

「ふふっ、それはどうかな」

いいざま、疾風小僧は、うしろへ飛びすさった。

「お、おい、待て。もう少し、話をしたい」

「なにを話そうというんだ」

「いろいろとだ。もっとお前のことを知りたい」

「読売に書くためだろう。やなこった」

「それだけじゃない。俺自身が知りたいのだ」

「ものはいいようだな」

疾風小僧は、今度はくすりと笑うと、

「あばよ」

一声いって、あとずさり、くるっと向きを変えて向こうへと走り出した。

「お、おい」

思わず、真吾はあとを追って駆けだす。

路地の突き当たりは、建家の塀になっている。

疾風小僧は、塀の上にひらりと飛び乗った。

月の光が、疾風小僧の姿を浮かび上がらせた。

駆け寄ってくる真吾に、疾風小僧は顔を向けた。

頭巾からのぞいた目もとは、切れ長の涼《すず》やかなものだった。

「読売屋、高砂町《たかさごちょう》の鎌田東伯《かまたとうはく》って医者を調べてみるんだな」

塀の上から真吾に言葉を投げると、疾風小僧は、塀の内側へと飛び降りた。

「くそっ」

真吾は、飛んで塀に手をかけてよじ登った。

そこは、小さな庭がついた隠宅のようだ。どこに疾風小僧がいるか、真吾は庭を見まわした。

すると、目の端に、向こう側の塀から飛び降りる姿がちらっと見えた。

「すばしっこい奴だ」

真吾は、追うのを諦めて、塀から元の場所へと飛び降りた。

生薬屋の山尾屋が阿片を扱っているということは、翌日、見まわり中の梅沢田之助をつかまえて話した。

「なぜ、そんなことを知っているんだ」

田之助は、驚いて真吾に訊く。

「実は昨夜、疾風小僧と会ったのです」

「な、なんだと」

田之助は、唖然《あぜん》とした顔で真吾を見た。

「貼り紙の隅に書いてあった数には、謎がかけられていたのですよ」

真吾は、数の謎を解いたのは、昨夜だったと嘘をついた。

夜だったのと、間違っていたら迷惑をかけることになるからと、ひとりでたしかめるために張りこんだのだといった。

「夜だってかまうものか。俺に報せればよかったではないか」

田之助は、不満そうに真吾をにらむが、

「すでに深更に近かったのです。あわてて山尾屋に向かったら、張りこんだ途端に、疾風小僧が現れました」

「そうか……それではしかたがないな」

一応は納得したようだが、田之助は疑わしげに真吾を見た。

どうやら、読売に書きたいがために、伝えなかったのではないかと、不審を抱いているようだ。当たっているだけに、真吾には冷や汗ものだ。

「山尾屋で盗みを働くのを諦めたかわりに、阿片のことを教えてくれたのです。それは大罪だから、梅沢どのに教えねばなるまいと思ったのです」

「いや、それはかたじけない。早速、山尾屋を探ってみよう」

田之助は、真吾への疑いはともかく置いて、探索に心を向けた。

真吾は、鎌田東伯という医者について調べた。

田之助には、なにもいっていない。

太吉には、東伯を調べる許可をもらってある。というより、太吉は、

「もう志垣さんの好きにやってください」

と、まかせる気になっている。

真吾は、太吉を失望させてはいけないと自分を奮《ふる》い立たせた。

鎌田東伯の診療所は、高砂町の一角に建っているが、さほど裕福そうではなく、地味な建家である。

まわりの店や家に聞きこみをしにいき、真吾が読売屋だとあかすと、

「あのお医者は、いいお医者よ」

と、女房たちは口々に褒《ほ》めそやす。

つまり、かなり評判がよいのである。

ただ、聞いていくにつれ、愛想がよく、女房たちの話を最後まで笑顔で聞いてくれるからのようだ。

医術が格別に優《すぐ》れているというわけでもないようだが、だからといって、あくどいことをやっているという話は出てこなかった。

（疾風小僧は、鎌田東伯を調べてみろといったのだが……俺が見張っておらずに、疾風小僧が山尾屋に盗みに入ったとして、そこに残しておく貼り紙には、鎌田東伯のことを指す数を書き残しておいたのだろうか……これまでは大店ばかりだったが、町の医者をも盗みの的にするのだろうか）

いろいろ思案するにつれ、

（もっと、疾風小僧に話を聞くことができればよかったのだが）

という気持ちが増してくる。

そして、できれば捕らえられればよかったとも思うのだが、

（あのすばしっこさでは、俺ひとりでは無理だろう）

やはり、逃げられてしまうのは避けられなかったろう。

真吾が、鎌田東伯についての探索に手間がかかっているあいだに、田之助のほうは、すぐに山尾屋の尻尾《しっぽ》をつかんだようである。

これは、御用聞きを使った調べが功を奏したのだった。

蛇《じゃ》の道は蛇《へび》というが、御用聞きは、脛《すね》に傷を持つ者たちをよく知っている。そうし

た者たちに鼻薬を嗅《か》がせて訊きだしていき、ついに山尾屋が阿片を売っているという事実をつかんだのであった。

田之助の注進を受けた町奉行所の与力が、田之助と捕り方たちを引き連れて、山尾屋に捕物出役に及んだのは、真吾が疾風小僧と会ってから、たったの七日後のことだった。

田之助の好意で、捕物出役があることを知った真吾と絵師の漠仙は、間近で捕物の一部始終を見ることができた。

東の空に陽が昇り始めたころ、南町奉行所吟味方与力の倉田一之進《くらたかずのしん》を先頭に、与力の引き連れた槍持《やりも》ち、草履《ぞうり》取り、若党二名、そして、田之助たち同心三名、小者たちの捕り方十名が、山尾屋を取り囲んだ。

「南町奉行所吟味方与力、倉田一之進である。ご禁制の阿片を巷に流した罪により、山尾屋主人篠次郎《しのじろう》、並びに、奉公人の者たちを召し捕りにきた。大人しく、お縄を頂《ちょう》戴《だい》せい」

倉田の一声のあと、捕り方たちは、山尾屋の戸口を丸太で壊すと、中へと殺到していった。

主人の篠次郎はじめ奉公人たちは、抵抗する余裕もなく、あっさりと捕まえられてしまった。

捕物出役の一部始終を見ていた真吾と漠仙は、すぐさま千里堂へとってかえして、山尾屋の悪事と、町奉行所の活躍を書き、絵を描いた。

彫師の辰蔵も、摺師の豆作も大車輪の働きを見せて、昼前に百部ほどが摺り上がったのである。

この捕物出役のあった日の昼すぎには、千里堂は、読売を売り出した。

早朝の捕物が、昼過ぎには、読売となって売り出されたので、たいした評判を呼ぶことになった。

この読売が飛ぶように売れたのは、いうを俟《ま》たない。

萬福屋の武兵衛が悔しがっているのが頭に浮かび、真吾は痛快だった。

太吉も大喜びで、また大入袋を皆に渡してくれた。

ほかの千里堂の面々も、真吾を見直してくれたような雰囲気があった。

そして、捕物出役があった翌日には、真吾も、鎌田東伯の悪事についての手がかりを得ることができたのである。

七

調べていくにつれて、鎌田東伯の評判は、よいものばかりではなく、毀誉褒貶《きよほうへん》相半ばしてきた。

軽い病《やまい》の患者たちには、すこぶる評判がよいのだが、そうした患者たちは、医者にかからずとも、静かに寝ていれば治ってしまうたぐいの者たちだった。

病は気からというが、東伯の患者に接する態度は、患者の気分を和《やわ》らげてくれ、話を聞いてもらうことによって、心に溜まった鬱憤《うっぷん》を晴らす効果があった。

その意味では、東伯は名医といってよいだろう。

気の持ちようだけでは治らない病の患者はというと、東伯の評判は芳《かんば》しくなかった。

「そもそも、あの医者は、病のことを訊いても、なんだかよく分からないことをいって煙《けむ》に巻いてしまうんですよ。もう、あそこにはいきません」

身体の出来物に悩んで、東伯の元へいったという米屋の娘は、東伯に見切りをつけて、ほかの医者に替えたら、効く薬を処方してもらい、治ったのだそうだ。

真吾は、東伯は医術を学んではいない、藪《やぶ》医者なのではないかと思った。ただ、その人当たりのよさだけで医者をやっているように見受けられる。

当然、それだけでは繁盛《はんじょう》するわけがないのだが、東伯の暮らし向きはすこぶるよさそうである。

近くの魚屋は、東伯を上得意にしており、鯛《たい》などのよい魚が入ったときには、東伯のところへ持っていくと、たいてい買ってくれるという。

料理屋も、高砂町ではもっとも高い一松亭《いちまってい》というところに足しげく通い、馴染《なじ》みの芸者はもとより、女中たちにも、いつもたっぷりの心づけをはずんでいるという。

この羽振《はぶ》りのよさが、東伯がなにか裏で金儲《もう》けをしているのではないかという疑いを起こさせる。

真吾は、東伯の懐に入る金を生む、いわゆる打ち出の小槌《こづち》はいったいなんなのか、探りをいれるのに余念がなかった。

鎌田東伯の診療所には、若い浪人がひとり暮らしていた。

どこへいくのにも、この浪人がついている。

浪人ではあるが、むさ苦しいたぐいの者ではない。

眉目秀麗《びもくしゅうれい》で、身形《みなり》もこざっぱりとして、着流しではなく袴をはいている。一見、東伯の弟子の医者とも間違えられそうな風格なのだが、一切、診療には顔を出さないところをみると、食客《しょっかく》であり用心棒なのだろう。

名前は、寺山和馬《てらやまかずま》という。

用心棒を雇っているというのも、胡散《うさん》臭い。なにかうしろ暗いことがあるのだろうと思わせた。

真吾は、東伯に気づかれないように、診療所の近くに住む者たち、そして、患者だった者たちに聞きこみをした。

ただ、周囲への聞きこみでは、なにも分からなかった。

真吾は、東伯の診療所を見張ることのできる場所を探した。

診療所の斜め向かいに、空き家になっている店があった。以前は絵草子屋だったらしく、絵草子を置いてある棚はそのままで、紙のにおいが漂《ただよ》い残っている。

夜になると、その空き家に入りこみ、診療所を見張ることにした。

昼間は、長話をする患者が多いようで、その患者たちも、近くに住む町方の者が多かった。

（なにかあるとすれば、夜だろうか）

真吾は、その考えに懸《か》けることにしたのである。

空き家での張りこみをつづけること三日。

少々、ひとりでつづけるのには、疲れてきた。

だが、もう少し頑張ってみようかと気を引き締め、戸の隙間からのぞいていた。

すると、五つ（午後八時ごろ）をまわったころ、提灯《ちょうちん》を持って足早に歩いてきた男が、あたりを見まわしてから、診療所の勝手口から中へと入っていった。

男は、誰もいないことをたしかめていたのに違いない。

夜目でしかとは分からないが、壮年で、商家の番頭か手代の中でも古株といった雰囲気だった。

四半刻（約三十分）もしないうちに、勝手口の戸が開いた。

開いたまま、しばらく誰も出てこないところを見ると、入るときと同様に、まわりに人がいないかどうかたしかめているようだ。

やがて、戸口からさきほどの男が出てくると、提灯に火もつけずに歩きだした。

折しも月が雲に隠れて、男の姿が闇に沈んでいる。

真吾は、そっと外に出ると、男のあとを尾《つ》けていった。

男の姿はよく見えないが、たしかに前方を歩いている気配がしていた。

すると、いきなり前方に光が走った。

男が、提灯に火をつけたのである。

提灯の明かりで足元を照らしながら、男は歩きだした。

東伯の診療所からは、すでに一町も離れている。そのために、安心したのだろうか。だとすると、東伯の診療所への訪問はうしろ暗いことに違いない。

真吾は、男に気づかれないように、そして、見失わないように、苦心しながら、あとを尾けていった。

八

男は、通油町《とおりあぶらちょう》にある店の戸をたたき、戸が開かれると中へ入っていった。

真吾は店の前までぶらぶら歩いてくると、そこがかなりの大店であることをたしかめた。屋号も、なにを商いにしているのかも、夜分であるし、月に雲がかかっているので、分からなかった。

(明日、ここへきてみよう)

真吾は、その店のたたずまいを頭にたたきこむと帰っていった。


翌朝、真吾は朝餉《あさげ》もとらずに、通油町へと駆けつけた。

店は、桑名《くわな》屋という質屋だった。

表戸を開けたばかりのようで、女中が店の前を箒《ほうき》で掃いている。

真吾は、空腹だったこともあり、すぐ近くの一膳飯屋《いちぜんめしや》に入った。

鯵《あじ》の焼いたのと、大根の煮染めで飯を食べた。

夏の魚である鯵は、やはり旬のおかげで実に旨《うま》かった。

聞きこみをしたいが、どこからするかと思案していると……。

「桑名屋の旦那さん、まだよくならないんだって」

という声が聞こえた。

はっとしたが、声のしたほうは見ずに、耳をそばだてる。

「ああ、ただの風邪だと思っていたのに、治らずに悪くなっているそうだ」

「丈夫そうなお人だったのにねえ」

それとなく、真吾は、話し声のほうを見た。

職人風の二人の男が喋《しゃべ》っている。

顔が丸いのと細長い顔の組み合わせだ。

真吾は、詳しく訊いてみようと二人に声をかけた。

「いま話していたことが聞こえたのだが、桑名屋の主人は病なのか」

「へえ、なんでも十日ほど前から寝ついているそうで」

いきなり浪人者が話しかけてきたので、顔の丸いほうが少し驚きながら応えた。

「いやな、あの質屋にはずいぶんと厄介《やっかい》になっているのでな」

「そうですか。あっしも、晦日《みそか》になるたびに、いろいろと質に入れて用立ててもらってんですよ。あの旦那じゃないと、値切られるのがつらいですよ」

「そうそう、番頭さんやお内儀《かみ》さんは、吝《しわ》いからなあ」

顔の細長いほうが、眉を八の字にしていった。

それ以上のことは聞けなかったので、真吾は勘定を払って店を出た。

その足で、桑名屋の暖簾《のれん》をくぐった。

「いらっしゃいませ」

帳場に座っていた男が立ってきた。

昨夜、鎌田東伯の診療所に入った男に間違いない。

「ちと、金を借りたいのだが」

真吾は、脇差を抜くと男に見せた。

「わたくし、番頭の菊蔵《きくぞう》と申します。では、拝借して……」

番頭は、まず脇差の鞘《さや》をためつすがめつする。

「主人は、いないのかな」

「はあ、主人は、いま病に臥《ふ》せっておりまして」

「具合が悪いのか」

「ええ、ただの風邪だと思っていたのですが。お武家さまは、以前にもいらしたことがあるのですか」

「うむ。そのときは、たしか主人が応対してくれたと覚えている」

「そうですか。失礼ですが、お名前は」

「浪越藤三郎《とうさぶろう》と申す。ずいぶん以前だから、忘れているだろうが」

真吾は、萬福屋の用心棒の苗字を使った。名前のほうは、ふと思いついた。

「でも、お金をお貸ししたら、帳簿に名前が残っています」

「はは、そのときは、結局、刀を預けなかったのだ」

「満足なお金がご用意できなかったのでしょうか」

「いや、いざ預けることになったら、腰に竹光《たけみつ》というのがわびしくてな。少し思案させてくれと帰ったのだ。金の工面は、ほかでついたから、またくることはなかったのだがな」

「そうですか」

番頭は、鞘から脇差を抜いて、刀身をかざして見ている。

鞘に納めると、貸し出せる金額をいう。

大した脇差ではないが、それにしても安かった。

「ふうむ。それくらいにしかならんか」

真吾は思案する振りをすると、

「やはり、今度もいったん持ち帰ることにしよう」

「承知いたしました。お預けになりたいときは、いつでも、お越しください」

番頭の言葉に送られて、真吾は店を出た。

そのとき、店に入ってくる女とすれ違った。

むせるような色気の、なんとも艶《あで》やかな女だ。

少し眉間に険があるのが気になる。

「お帰りなさい、おかみさん」

女中の声がしたので、いまのが内儀《ないぎ》だと分かった。

番頭は、なぜ昨夜遅く、鎌田東伯の診療所を訪れたのか。

主人の薬を取りにいったと考えるのが妥当だろう。

（なぜ、あんな夜に？　仕事が忙しく、そうなってしまったのだろうか）

真吾は、きな臭さを感じつつ、桑名屋の前から離れた。

それとなく、まわりの店に入り、桑名屋のことを聞きまわった。

以前、質を預けたのだが、主人がおらず、病の具合はどうなのだろうと話しかけてみると、みな、よく話してくれた。

だが、一膳飯屋で聞いた話以上のことは、知ることができない。

主人の源兵衛《げんべえ》は、身体は頑健だったはずが、このところ寝ついてしまっているということである。

番頭と内儀が店を切り盛りしているが、主人ほどには金を出してくれず、評判はあまりよくないようだった。

早耳の万作に、桑名屋について調べてもらいたいと頼み、千里堂にいったん帰った真吾は、仮眠をとると、また夜に鎌田東伯の診療所を見張りにいった。

桑名屋のことは、おいおいまた調べるとして、ほかになにか怪しいことがないか気になっていたのである。

立てつづけになにかが起こるだろうかという不安もある。

だが、ここはひとつ根気だと自分にいい聞かせた。

太吉には、これまでのことをかいつまんで話した。太吉は、

「危ないと思ったら、すぐに逃げることですよ」

とだけいっていた。

昨夜とは違い、月にかかる雲はなく、あたりは青い光が差している。

あまり期待せずに、空き家で東伯の診療所を見張っていると……。

また、五つをすぎたころ、せわしい息づかいが聞こえてきた。

歩いているのではない。しかも二人だ。

(駕籠《かご》か)

駕籠は、東伯の診療所の前でとまった。

そして、駕籠の中から、お高祖《こそ》頭巾の女が出てくると、東伯の診療所の中へと消えていった。

駕籠かきが、煙管《きせる》で一服《いっぷく》しおわるくらいで、女は出てきた。手に布で包んだものを

持っている。

女は、駕籠に乗って、きた方角へとまた去っていった。

真吾は、空き家から出ると、駕籠のあとを尾けていった。

駕籠は、神田川《かんだがわ》を渡り、久右衛門町《きゅうえもんちょう》に入ると、道の両側に木々の多い静かな坂を登りはじめた。

左手の木々の向こう側に、墓が見え隠れするところをみると、どうやら寺があるらしい。

案の定、寺の境内《けいだい》に駕籠は入っていき、庫裡《くり》の前でとまった。

お高祖頭巾の女が包みを持って降り、駕籠かきたちが去っていくと、庫裡の戸が開き、ひとりの僧が出てきた。

真吾は、石灯籠の陰に隠れて、駕籠をやり過ごし、庫裡の前の女と僧の様子を見ていた。

僧は、出てきた庫裡の中をうかがうようにしていたが、やがて戸を閉めると、女を連れて、歩きだした。

境内の隅に、小屋が建っており、その中へと二人は入っていった。

中で行灯に火をつけたのか、小屋の隙間からわずかに漏《も》れる明かりで分かる。

真吾は、小屋の壁に身体を寄せると、窓にかかった葦簀垂《よしずだれ》の隙間から、中をのぞきこんだ。

さきほどのお高祖頭巾の女は、頭巾を脱いでいて、島田髷《しまだまげ》に白い肌だ。すぐ横に、袱紗《ふくさ》で包んだものが置いてある。

僧のほうは若く、油壺《あぶらつぼ》から出すような美男だった。

女を僧が抱きしめたまま、二人は動かない。

やがて、僧は女から腕を放すと、

「君枝《きみえ》さま、これ以上、会うのはやめにしましょう。和尚《おしよう》にも勘づかれているようですし、そもそも、わたくしたちが結ばれることなどないのですから」

諄々《じゆんじゆん》と説き聞かせるようにいった。

「知念《ちねん》が、どうしても……どうしてもというのなら、しかたがありません」

君枝と呼ばれた女は、袖《そで》で涙を拭《ふ》いているようだったが、

「これを最期《さいご》の……お別れの杯《さかずき》を」

女は、懐から杯を取り出し、知念という僧に渡した。

横においた袱紗包みをほどくと、中から徳利《とつくり》が一本出てきた。

知念の手にした杯に、君枝は徳利から酒を注ぎ、

「もう、お好きなお酒もおやめになるのですか」

と、訊いた。

「はい、これからは一心に仏道に精進しようと決めたのです。あなたさまには申し訳ないのですが……」

知念は、済まなそうに顔を伏せた。

「いいのですよ。ひとときの夢を見せてくださいました。わたくしは、感謝しこそすれ、あなたをお恨みはいたしません」

君枝は、じっと僧を見ると、

「さあ、お別れの杯を飲み干して、わたくしにも……」

震えた声でいった。

真吾は、徳利を見てから、胸に嫌な感じが沸き起こってきていた。

そして、君枝の声の震えで、それが頂点に達した。

九

知念が杯を口に運ぼうとするのを見た途端、

「待ってくれ」

思わず大声を立てて、真吾は葦簀垂をはねのけると、

「その杯の酒を呑むんじゃない」

知念に向かって叫んだ。

驚き呆気《あっけ》にとられる知念に対し、君枝は驚きとともに落胆の色を顔に走らせた。

「ちょ、ちょっと待ってろ」

真吾は、いいながら、あわてて戸口に走ると、転げこむようにして小屋の中に入っていった。

依然《いぜん》として、知念は杯を持ったままだ。

「あ、あのな、その杯は……」

真吾が、話そうとしたときである。

君枝は知念の手から杯を奪い、口に持っていくと中の酒を流しこもうとした。

「莫迦野郎！」

真吾は、雪駄《せった》のまま君枝に飛びかかり、杯をはたいて飛ばした。

ごほごほと咳《せ》きこむ君枝の口に、無理矢理指をつっこむ。

君枝は、たまらずに吐き出し始めた。

君枝の顔色は紙のように白い。

「おい、水を持ってこい」

真吾は知念に命じた。知念は、なにがなんだか分からない様子だったが、慌《あわただ》しく外に出ていくと、すぐに柄杓《ひしゃく》に水を汲んで持ってきた。

真吾は、君枝の口を無理矢理開かせると、柄杓の中の水を流しこんだ。飲みこませると、また口に指をつっこみ、吐かせる。

さらに、まだ柄杓に残っている水を飲ませると、同じように吐かせた。

ぐったりとした君枝の頬に赤みが差してくるのを見て、

「もう大丈夫かな」

真吾がほっと溜め息をつくと、

「いったい、なんなのです。なにをされたのです。そして、あなたは誰なのです」

知念は、君枝の背中をさすりながら、真吾をにらんだ。

真吾は、それには応えず、畳に置かれた徳利を取り上げた。中には、まだ酒が残っている。

徳利を鼻に持っていくと、中のにおいを嗅ぐ。

「むう……分からんな」

少々不安になったが、

「いや、あれだけ顔色が悪くなったのだ。やはり毒だ。自害する気だったのだ」

真吾のつぶやきに、

「な、なんですと」

知念が驚いた声を上げる。

「いいかい。この徳利の中に、なにか毒が入っていたに違いないんだ。いま、あんたたちは、別れようとしていたな。杯は別れの水杯のつもりだったんだろう。いや、水じゃなく酒が入っていた。あんたは、酒が好きなようだな。それで、この酒をきっと呑むだろうと、この君枝は思ったのだ。だから、毒を入れて、あんたに呑ませ、そのあとに自分も呑んで心中しようとしたのだろう」

真吾の言葉に、知念は、

「ま、まさか……」

呆然として君枝を見た。

君枝は、ぐったりとはしているが気絶しているわけではない。毒をすぐに吐き出したから、まわってはいないようだ。

だが、目を開けようとはしない。心中しようとしたことを暴かれて、目を開けられないに違いない。

「なあ、君枝さん。あんた、鎌田東伯の診療所で、なにをもらったんだい。徳利の酒に、どんな毒が入ってたんだ」

直截《ちょくさい》に訊く真吾に、君枝はびくっと身体を震わせた。

知念は、怖いものに触れているように、手を離して君枝から身を遠ざけようとする。

「あ、知念、そ、そんなのは嫌。わたくしの側にいてください」

君枝は閉じていた目を開けると、知念にすがりつこうとする。

知念は、腰がひけながらも、君枝を拒絶することが出来ずに、固まったように身体を動かせない。

君枝は、知念にすがりつきながら、嗚咽《おえつ》を漏らした。

「こんなところで、僧侶と武家の妻が心中したとあっちゃあ、世間では騒ぎにはなるし、お上も黙っちゃいないだろう。ここの住職は、お咎《とが》めを受けるに違いない」

真吾の言葉に、

「た、大変なことになるところだった」

知念の顔色は、青くなった。

「さきほど誰だと問われたが、俺は武士ではあるが読売屋だ」

「よ、読売屋！」

知念は、ぎょっとした顔になる。君枝のほうは、泣いているばかりだ。

「鎌田東伯の悪事を暴いてやろうと張りこんでいたところを、君枝さんが網にひっかかったという按配だ。ほかの売らんかなの読売屋なら、こんな話は放ってはおかないだろうが、俺のとこの千里堂は、まあ書かない」

「ほ、本当ですか」

知念は、正直に反応が顔に出るようで、喜色が走った。

「ああ。だが、鎌田東伯は許せない。その悪事を暴くためにも、君枝さん、正直に話してくれませんか。あなたも、東伯に乗せられたのではないかな。悪い夢を見たと思って、すべて話したら、家に戻って貞淑《ていしゅく》な妻に戻るのだよ」

真吾は、妻帯したこともない身で柄《がら》にもないと思いながら、君枝に説教をした。

君枝は、ようやく泣きやむと、

「すみません。わたくし、どうかしていました」

憑《つ》き物が落ちたような顔になっている。

君枝は、訥々《とつとつ》と語りだした。

「わたくしは、実家の墓がこの了円寺《りょうえんじ》にあるのですが、たびたびの墓参りで、知念を見て、一目で虜《とりこ》になってしまいました」

こんなときでも、ぽっと顔を赤らめ、

「わたくしのほうから、知念に近づいて……」

いいにくそうなところへ、

「わたしも君枝さまの面影《おもかげ》が心に宿って忘れられず、気がついたら、理《わり》ない仲になってしまっていました」

知念が、あとをひきとった。

「ですけれど、わたくしのほうは、主人に対する申し訳なさはありますが、もう知念とは離れられないと思い詰めて……」

君枝は、唇《くちびる》を噛《か》んだ。

「鎌田東伯と会ったのですか」

真吾が訊くと、

「はい。うちの女中たちが診《み》てもらっていた医者だったのですが、とてもよいというので、わたくしも、風邪などひいたときに診てもらっていたのです。あるとき、いきなり知念のことを訊かれました。なぜか知念と、このような仲になっていることを知っていて……それで、わたくしは、知念と離れたくないが、知念のほうでは、このままではいけないといって別れ話をしだしたことを、つい話してしまったのです」

「それで、東伯はなんといったのですか。心中しろと」

「いいえ、そんなことはいいません。ただ、遠まわしに、思い切ったことをするのなら、お助けしましょうと……」

はじめはなんのことか分からなかったが、もう知念と別れなくてはならないと悟《さと》ったときに、君枝の頭の中に、

「道行《みちゆき》という言葉が浮かんだのです」

「それを東伯にいったのですね」

「はい。すると、東伯は、苦しまずに二人が死ねるものを用意しておくから、夜にきなさいと」

「思ったとおりだ」

真吾は、むらむらと東伯に対する怒りがわいてきた。

（落ち着け、落ち着け）

怒りをなんとか抑えこんで、

「当然、お金も出したのですね」

「はい。百両ほしいといわれたので、さきほど渡してきました」

「そんな大金をよく出せましたね」

「ありったけのお金を持ち出してきました。死んだあとは、どうなってもよいと思いましたので」

「ご主人は、泣きっ面に蜂ではありませんか」

今度は、君枝に腹が立ってきた。

「……はい。ひどい女です」

悄然《しょうぜん》とうなだれたが、本当にそう思っているのか、真吾には疑問だった。

十

真吾は、もういらないだろうといって徳利を袱紗に包んで懐にいれた。

君枝をうながし、知念と別れて、了円寺をあとにする。

途中、町駕籠が通りかかったので、君枝を乗せると、真吾は駕籠について歩いた。

屋敷の前に駕籠がついたときには、降りてきた君枝は落ちついたものである。

駕籠かきに酒手《さかて》を渡し、駕籠がいってしまうと、

「もう知念には、近づかないと約束できますか」

真吾は、君枝に念を押した。

「はい。なんだか、生まれ変わったような気がします」

「お金のことはどうします」

「実は、百両のお金は、わたくしが輿入《こしい》れのときに、母がこっそり持たせてくれたもので、ずっと手をつけていなかったのです。ですから、黙っていれば大丈夫です」

君枝は、吹っ切れたような笑みを浮かべた。

屋敷に君枝が入るのを見届けて、帰途についた真吾は、

（もう無茶なことはしないだろう）

ようやく安堵することができたのである。

知念と君枝の心中をとめることが出来て、肩の荷が下りた気がしていたが、むくむくと胸に満ちてきたのは、東伯への怒りである。

（これから、押しかけてやろうか。東伯の悪事は、徳利が証拠だ。徳利の酒を呑んでみろというのはどうだろう）

などと息巻いていたが、

（そうだ！　桑名屋のことを忘れていた）

君枝に毒入りの酒を渡すくらいなのだから、桑名屋の番頭にいったいなにを渡したのか。

（やはり毒なのだろうか。すると……）

病の床に臥せっているという主人の源兵衛が気にかかる。

（寝つく前は、丈夫でとおっていたという話だからな……）

東伯のことより、桑名屋のことが先のような気がしてきた。

しかも、東伯の診療所に闇雲《やみくも》に怒鳴《どな》りこんでも、知らぬ存ぜぬでとおされ、証拠も隠されてしまっては、一介の読売屋になにができよう。

まずは、探察を頼んである早耳の万作の調べを待ってからのほうがよいだろうと思い直した。

真吾が千里堂に戻ったのは、九つ（午前零時ごろ）になろうという刻限だった。

町に人通りは絶えて、猫が往来を横切るほかは、動くものは風に吹かれる塵芥《ちりあくた》ぐらいのものだ。

千里堂の前までくると、戸口の前に座って、こっくりこっくりと舟を漕《こ》いでいる者がいるのに気づいた。

「う、うわっ、誰だ」

驚いて、真吾が声を上げると、

「わわわっ」

そいつは飛び上がった。

「なんだ、万作じゃないか」

「びっくりさせないでくださいよ、もう」

「驚いたのはこっちだ」

「帰ってくるのが遅いからですよ。ついうとうとしちゃいましたぜ。千里堂は、夜も明るいときがあるのに、今日は真っ暗だし」

「急ぎの仕事がないからだな。それで、桑名屋のことで、なにか分かったのか」

「そうなんですよ……」

といった途端、万作はくしゃみをした。

夏風邪でもひいたのだろうか。

鼻水を拭っている万作を、真吾は部屋に入れた。

「いろいろと分かりましたよ」

万作は、部屋に入ると、早速分かったことを語った。

「桑名屋の番頭菊蔵と内儀のお均《きん》は、実は出来てるんじゃないかって噂なんですよ。この二人のことを勘づいたから、主人の源兵衛は、病になっちまったんじゃねえかってね」

「それほど、菊蔵とお均は、世間体を気にしていないのか」

「いえいえ、本人たちは、内儀と番頭という身分をわきまえて、深い仲になっているなんておくびにもださないようなんですがね、広小路近くの曖昧宿《あいまいやど》に入っていくのを見たもんがいるんですよ。そうなると、人の口に戸は立てられねえ。いつしか、噂になっちまったってわけです」

「噂が立っているのを、本人たちは知っているのか」

「さあ、どうですかね。あっしの見たところじゃあ、知らないようですよ。というのも、お均も菊蔵も、近所とのつきあいはないし、菊蔵は湯屋の二階で暇を潰すなんてこともしねえから、まわりでどんな話をしているかなんて耳に入らねえんじゃねえかと思いやす」

「そうか」

万作の持ってきた話は、菊蔵とお均が出来ているに違いないという噂だけだったが、それだけで推量の材料には足りた。

真吾は、菊蔵とお均が、店を乗っ取るために、主人の源兵衛を殺そうとしているのに違いないと思った。

(やはり、菊蔵が東伯の診療所に出向いたのは、毒薬をもらい受けにいったのに違いない。それも、あのときが初めてではないはずだ)

すでに源兵衛は病の床についているのだ。おそらく、手持ちの毒薬がなくなったので、さらに買い足しにいったのだろう。

だが、これだけのことで、お上を動かすことは難しい。

(読売の読物にはなるだろうが……いや、手証がない以上、噂だけということになり、萬福屋のいい加減な読売と変わりないではないか)

それに、菊蔵が東伯から毒薬をもらったのではないという可能性も、まだあるのである。

(しかし、菊蔵とお均が、源兵衛に毒を飲ませているのだとしたら、それも徐々に弱っているのだから、少しずつ飲ませているのに違いない。それをやめさせなくてはいけない)

気持ちばかりが焦ってくる。

万作に小遣いを与えて帰すと、真吾は悶々《もんもん》として眠られない夜を過ごした。

それでも、気がついたら朝だった。

眠れないと焦《じ》れているうちに、いつしか眠ってしまったようだ。

そして、眠る前にいろいろと考えて結論の出なかったことが、起きてみたら、こうしようとはっきりと道筋が見えていたから不思議だ。

朝陽がやけに目に染みるのは、あまり眠っていないからだろう。

君枝が東伯から渡された徳利のことを太吉に話すと、薬に詳しい蘭医《らんい》がいるので、調べてもらうとよいといわれた。

医者の名前は栗山佐内《くりやまさない》といい、久松町《ひさまつちょう》に診療所があった。

真吾は、ようやく人々が町へ出はじめたころに、佐内の診療所についた。

君枝が東伯から渡された徳利の中身を、佐内に調べてもらうためだ。

佐内は早起きのようで、すでに起きていた。

徳利を差し出すと、早速調べてくれた。

最初の患者が入ってくるころには、佐内は毒が入っていることを調べ上げた。

「これには、石見銀山《いわみぎんざん》が入っておる。酒で薄めてあるが、かなりきつい毒だぞ。誰だ、こんなものに入れたのは」

佐内は、徳利をにらみつけていった。

真吾の胸にも、東伯を許せないという気持ちが膨らんでくる。

(なんという鬼畜だ……)

だが、怒りをぐっとこらえた真吾は、この徳利の毒では誰も死んではいないといって、佐内を安心させた。

佐内の診療所を出ると、真吾は千里堂へと戻った。

真吾は、太吉の部屋へいくと、しばらく話しこんだ。

十一

真吾は千里堂を出ると、高砂町へと向かった。東伯に会いにいくのである。

太吉と話し合い、ともかく東伯に直に当たってみることにした。当人に会えば、書くものの中身が自《おの》ずと違ってくると思ったのである。

診療所に入ると、患者たちが座敷で待っている。

みな、東伯を信じている者たちのようで、老人が多い。

老人たちを見ると、これからすることに胸が痛んだ。少なくとも、この老人たちにとっては、東伯は名医なのに違いない。

（だからといって、許すことはできんぞ）

真吾は、東伯のやっていることを思い出して、決意を新たにした。

患者は順番に診てくれることになっているようなので、真吾も待った。

そして、真吾の番になり、女中に呼ばれて診療室に入った。

東伯は、品のよい白髪白髯《はくはつはくぜん》の初老の男だった。

和蘭医のようだが、漢方の薬も煎《せん》じるようだ。

「いかがいたしました」

柔らかい声で、東伯は真吾に訊いた。

柔和な目で、目尻には笑い皺《じわ》が深い。

「実は……」

真吾は、東伯の正体がどこかに現れていないかと、じっと見たが、どうしても優しげな医者としか見えない。

「あんたは……君枝って武家の女に、岩見銀山の入った酒の徳利を渡しただろう。そして、桑名屋の主人を殺すための手伝いもしてないか」

直截な真吾の言葉に、東伯の顔に劇的な変化が現れた。目の奥には獣が獲物に向けるような残忍な光が宿ったのである。だが、それは一瞬のことで、すぐにまた柔和な顔に戻る。

「なにを仰《おっしゃ》っているのか、わたしにはとんと分かりませんが」

「とぼけるつもりか。証拠はあるんだがな」

「ですが、わたしにはなにも心当たりがありませんので」

「そうか」

真吾は、もうこれでいいと思い、立ち上がった。さきほどの一瞬の変化に、東伯の本性を見たと確信したからである。

これ以上、手のうちを見せる必要はない。

一発殴《なぐ》ってやりたい衝動を我慢するのには、少々手こずった。

東伯の診療所を出て、しばらくして、真吾は誰かに尾けられているような殺気を感じた。

いたずらに路地を曲がって、足早になったが、尾けられているという感触は消えなかった。

目茶苦茶《めちゃくちゃ》に歩いていると、神社の前に出た。

神社の境内に入って、雑木林のある場所でひとりたたずんでいると……。

若いひとりの武士が現れた。浪人のようだが、こざっぱりとして、金がありそうなりゅうとした出で立ちである。

おまけに、切れ長で涼やかな目をしており、かなりの美形だ。

東伯の診療所に寄寓《きぐう》している浪人だ。

真吾が立って待っているのを見て、にやっと笑った。

「なにか、俺に用か。寺山和馬といったかな」

真吾の言葉に、和馬は驚いた顔を一瞬した。

「俺の名前まで調べてあるとはな。俺は、うるさい蠅《はえ》を始末にきた」

いきなり刀に手をかけた。

「おいおい、剣呑《けんのん》だな。俺を殺したって無駄だ」

「なぜだ」

「それはいえん」

「おぬし、金をせびりにきたんだろう。だが、先生と会って、これは無理だと出てきたのではないのか」

「ははっ、そんなわけがない。俺の目的はほかにある」

「だから、それはなんだ」

「それはいえんといってるだろう。しつこい奴だ」

「ならば、問答無用」

和馬は、刀を抜いた。

真吾も覚悟を決めて刀を抜く。

(こうなる前に、逃げればよかったんだな)

と反省しても、あとの祭りである。

太吉の命に、またも背《そむ》いてしまったことに忸怩《じくじ》たる思いがした。

青眼《せいがん》にかまえた和馬は、すっと真吾に近づくと、

「とおりゃあ」

掛け声とともに、上段から斬りつけてきた。

真吾は、その刀を受けて渾身の力で撥《は》ね上げた。

金属音が響き、和馬は身体の均衡を崩《くず》す。

膂力《りょりょく》で、真吾が勝《まさ》ったのである。

和馬は、倒れずになんとか踏みとどまったが、その鳩尾《みぞおち》に、

「やっ」

真吾の刀の峰《みね》がめりこんだ。

和馬は、その切れ長の目を虚《うつ》ろに、倒れこんだ。

刀を納めた真吾は、刀の下緒《さげお》で気を失った和馬の両手をうしろ手にして縛《しば》ると、

「どっこらしょ」

和馬を肩に担ぎ上げた。

「けっこう重いな。東伯のところでいいものを食べているからか」

独《ひと》りごとをいいつつ、神社の境内から出ていった。

しばらく歩くと、自身番屋があった。

和馬を担いだまま、真吾は自身番屋の腰高障子《こしだかしょうじ》を開けた。


真吾は、自身番屋を出ると、南町奉行所の定町廻り同心、梅沢田之助を探した。町廻りに出ているはずで、必ず寄るだろうと思われる自身番屋で待っていると、昼前に現れた。

真吾は、田之助に徳利を渡して、これまでのことを話した。

和馬を、高砂町の自身番屋に入れてあることも話す。

「くれぐれも、知念と君枝のことは罪に問わないでもらいたいのですが」

真吾の言葉に、田之助はうなずくと、

「承知した。心中しようとしただけで大罪ではあるが。あんたに免じて、見逃してやろうじゃないか。鎌田東伯という医者は、とんでもない奴だ。早速、探りを入れて、早いうちにお縄にしてくれる」

「そこでですが……」

真吾は、読売に、東伯のことを書くといった。

もちろん、名前をはっきりとは書かないが、読めば近所の者なら誰だか分かるように書く。

そして、ひそかに毒薬を高く売りつけて、殺しの助けをしていると。

「その読売を、桑名屋の内儀と番頭が読めば、薬を盛るのをやめるのではないかと思うのです。いずれ、東伯を白状させれば、内儀も番頭も、梅沢どのがお縄にできるとは思うのですが、それまで主人の源兵衛の命が持つかどうか心配なのです」

真吾の言葉に、田之助は分かったといった。

読売は、その翌日に売られた。

真吾が書いたものに、太吉が手を入れたのだが、また格段と直されたところは少なくなっていた。

用心棒の和馬が診療所に戻ってこないので、東伯が姿をくらますおそれがあったので、奉行所の小者たちや、岡っ引きが診療所を見張っていたが、いまのところ東伯に動きはないようだった。

読売が売られた、その日に、和馬が奉行所の調べですべてを白状した。

知念と君枝のことは、和馬が偶然目撃して、東伯に告げたことから、東伯が君枝に、暗に心中しろとそそのかして、毒薬を売りつけたことも分かった。

和馬が白状した日の夜に、捕物出役が行われた。

だが、東伯は、逃げることを諦めたのか、すでに毒を飲んで自害していた。

診療所の文机の上には、千里堂の読売が置かれてあったという。

桑名屋では、内儀と番頭が姿を消してしまった。自分たちの悪事が露顕するのを恐れて駆け落ちしたのである。

二人がいなくなった途端に、主人の源兵衛がみるみる快方に向かったのは、不思議に思われた。

内儀と番頭は、箱根《はこね》の関所で捕まり、やがて悪事を白状した。

十二

千里堂の読売は、東伯の悪行を書いて、かなり売れた。

いっぽう、萬福屋はというと、疾風小僧のことを大袈裟に書いたときは売れたが、それが出鱈目だったことが分かってから、売れゆきが落ちたそうだ。

真吾が気になっていることは、疾風小僧がまた現れるかどうかである。

疾風小僧の貼り紙に、山尾屋を指し示す数が書かれ、真吾がそれを突き止めて以来、疾風小僧は盗みに入っていない。

世間の関心も、疾風小僧に対して薄れているようで、巷での噂にも上らなくなっていた。

この数日、千里堂は、吉原の遊女の細見を摺っている。迷助が大急ぎで書いたものである。

真吾は、また用心棒に戻っていたが、太吉は、

「またなにか、探ってみたいことがあったら、気兼ねせずに動いてください」

と、いってくれた。

「太吉さんは、俺を読売屋にしたいのですか」

思い切って訊いてみると、

「さあ、どうでしょう」

笑ってはぐらかされた。

そんなある日、ひとりの子どもが千里堂に現れ、

「お侍さんに、これ」

といって、下女のおきよに渡した。

侍といえば、真吾しかいない。その畳紙《たとうがみ》を開いてみると、浜町堀《はまちょうぼり》を渡り、武家屋敷にはさまれた道へこられたしと書いてあった。名前はない。

真吾は、書いたのは疾風小僧ではないかと思い、すぐに千里堂を出た。

夕焼け空の下、武家屋敷の連なる道に入った。

歩く道の端の土塀が真っ赤に染まっていたのは短いあいだで、西の空に赤みが残る程度になり、あたりは暮れなずんできた。

「おい、千里堂」

いきなり背後から声をかけられて、真吾は驚いて振り返った。

気配を感じていなかったのである。

背後には、小柄な虚無僧《こむそう》が立っていた。深編笠をかぶっているので顔は分からないが、そのかすれて押し殺してはいるが、少し高い声は……。

「疾風小僧か」

真吾の言葉に、

「ああ。おいらが盗みに入らないでも、東伯の悪事を暴いた手際は見事だったな。褒めてやろうじゃないか」

「ああした悪事を、なぜお前は知ることができたんだ。教えてくれ」

「それを教えると、おいらが普段なにをしているかが分かっちまって具合が悪いんだけどなあ」

「お前自身も、うしろ暗いことをしているというわけか」

「さてさて、それはどうかな」

「今日現れたのは、どういうわけだ。まさか褒めるためだけではないだろう」

「ん？　それはなにかい、また悪事を働く奴を教えにきたと思ったのか」

「そうではないのか」

「あはは、そうだといいんだがな、そうそうおいらの鼻が利《き》くわけじゃないんだよ。

これまでのは、ずいぶん長いあいだに嗅ぎ分けた者たちばかりだったのさ」

「それで、このところ盗みに入ってないというわけか」

「そうだ」

「盗みをしなくても、暮らしには困らないいんだな」

「おいらのことを案じてくれてんのかい」

「そんなところだ」

「へへっ、大きなお世話だ」

疾風小僧はいいざま、いきなり跳躍した。

武家屋敷の土塀に飛び乗る。

「相変わらず素早い奴。顔ぐらい見せてもいいだろう」

「ふん、いつかな」

疾風小僧は、つつっと土塀の上を滑るように走り去っていった。

太吉の娘のお秋がやってきたのは、吉原遊女の細見も売り、千里堂が休みに入ったころだった。

あちこちの部屋に、お秋はお茶を運び、話をしては、ころころとよく笑った。

用心棒の部屋にも茶を運んできて、読売屋になるのかと訊かれた。

「俺は……剣術を極めたいとずっと思ってきたのですが、読売も面白いと思いました。ですから、いまは迷っているところです」

真吾は正直に応えた。すると、

「選ばなくてもいいのじゃないかしら。どちらもおやりになったら」

お秋の言葉は、真吾の胸に響いた。

(両方出来るものなのか……)

いやいや、剣術はそうはいかないと思ったのだが、心にとめておいてよいことかと思い直した。

お秋が部屋から去ったあと、しばらくして、

「誰か、お秋を送ってくれないか」

太吉が、声をかけてきた。

「あら、あたしならひとりで平気よ」

お秋は、そうはいうが、可愛い娘なので、太吉は心配そうだ。

「では、俺が送りましょう」

誰も声を上げないので、真吾が名乗りを上げた。

お秋は、よく喋るので、真吾はあまり気を遣わずに歩くことができた。

前から十六か十七くらいの町娘が歩いてきた。

そのとき、お秋の横をすり抜けるように、飛脚が走っていく。

飛脚に当たったわけではないが、あまりに横を素早く走り抜けていったので、お秋は驚いてつまずきそうになる。

「あっ」

その手を取って、支えたのが、前から歩いてきた娘だ。

「大丈夫ですか」

高いがかすれた声で、娘はお秋を案じた。

色が抜けるように白く、切れ長の目が美しい。

「あ、ありがとうございます。おかげさまで」

お秋は、娘の美しさにどぎまぎしているのか、頬を赤らめた。

「では、ごめんなさい」

娘は、お秋と、その横にいる真吾に会釈《えしやく》をして歩き去る。

そのうしろ姿を見て、

（はて……どこかで会ったような）

真吾は首をひねった。

「あんまりお綺麗《きれい》だから、見とれてるんですか」

お秋が、真吾の袖を引っ張っていう。

「い、いや、そういうわけでは」

「嘘おっしゃいまし。それにしても、お綺麗なかた」

お秋は、頬を赤らめたまま、娘のうしろ姿を見送っていた。

二人が、前を向いて歩きはじめると、今度は娘のほうが振り向く。

真吾のうしろ姿を見て、娘はふっと笑った。

夏の宵《よい》の風が、娘の後れ毛を軽くなぶるように吹いた。

読売屋用心棒

一〇〇字書評

切・り・取・り・線

購買動機（新聞、雑誌名を記入するか、あるいは○をつけてください）	
□（　　　　）の広告を見て	
□（　　　　）の書評を見て	
□ 知人のすすめで	□ タイトルに惹かれて
□ カバーが良かったから	□ 内容が面白そうだから
□ 好きな作家だから	□ 好きな分野の本だから

・最近、最も感銘を受けた作品名をお書き下さい

・あなたのお好きな作家名をお書き下さい

・その他、ご要望がありましたらお書き下さい

住所	〒				
氏名		職業		年齢	
Eメール	※携帯には配信できません	新刊情報等のメール配信を 希望する・しない			

この本の感想を、編集部までお寄せいただけたらありがたく存じます。今後の企画の参考にさせていただきます。Eメールでも結構です。

いただいた「一〇〇字書評」は、新聞・雑誌等に紹介させていただくことがあります。その場合はお礼として特製図書カードを差し上げます。

前ページの原稿用紙に書評をお書きの上、切り取り、左記までお送り下さい。宛先の住所は不要です。

なお、ご記入いただいたお名前、ご住所等は、書評紹介の事前了解、謝礼のお届けのためだけに利用し、そのほかの目的のために利用することはありません。

〒一〇一-八七〇一
祥伝社文庫編集長　坂口芳和
電話　〇三（三二六五）二〇八〇

祥伝社ホームページの「ブックレビュー」からも、書き込めます。
http://www.shodensha.co.jp/bookreview/

祥伝社文庫

読売屋用心棒《よみうりやようじんぼう》

平成25年 7月30日　初版第1刷発行

著　者　芦川淳一《あしかわじゅんいち》

発行者　竹内和芳

発行所　祥伝社《しょうでんしゃ》

東京都千代田区神田神保町 3-3
〒101-8701
電話　03（3265）2081（販売部）
電話　03（3265）2080（編集部）
電話　03（3265）3622（業務部）
http://www.shodensha.co.jp/

印刷所　堀内印刷

製本所　ナショナル製本

カバーフォーマットデザイン　中原達治

Printed in Japan ©2013, Junichi Ashikawa ISBN978-4-396-33865-7 C0193

祥伝社文庫　今月の新刊